世事浮沉，我心悠然

钱饭饭——著

青岛出版社
QINGDAO PUBLISHING HOUSE

图书在版编目（CIP）数据

世事浮沉，我心悠然 / 钱饭饭著. -- 青岛 : 青岛出版社，2017.11

ISBN 978-7-5552-5567-3

Ⅰ. ①世… Ⅱ. ①钱… Ⅲ. ①散文集－中国－当代 Ⅳ. ①I267

中国版本图书馆CIP数据核字(2017)第159564号

书　　名　世事浮沉，我心悠然
著　　者　钱饭饭
出版发行　青岛出版社
社　　址　青岛市海尔路182号（266061）
本社网址　http://www.qdpub.com
邮购电话　010-85787680-8015　13335059110
　　　　　0532-85814750（传真）　0532-68068026
责任编辑　郭林祥
选题策划　李文峰　崔　悦
特约编辑　崔　悦
版式设计　李红艳
印　　刷　三河市南阳印刷有限公司
出版日期　2017年11月第1版　2017年11月第1次印刷
开　　本　32开（880mm×1230mm）
印　　张　9
字　　数　150千
书　　号　ISBN 978-7-5552-5567-3
定　　价　38.00元

编校质量、盗版监督服务电话　4006532017
青岛版图书售后如发现质量问题，请寄回青岛出版社出版印务部调换。
电话：010-85787680-8015　0532-68068638

谁的一生，不曾蒙上双眼去爱一个人。

这世上啊，所有的“一物降一物”，
都是“一人等一人”。

我们其实都没有变，身上都还贴满普通平凡这样的标签，我们又都变了，从容、坚强都已经刻入我们的骨子里。

靠任何东西换来的安逸生活都会瞬间倒塌，只有靠自己换金山，才是一条千真万确、适合所有姑娘的坦途。

每一个肯努力的女孩子都不会被辜负。

世事浮沉，我心悠然

目录

CONTENTS

第一部分　守候是最长情的告白

世事浮沉，我心悠然

目录

CONTENTS

CONTENTS

目录

世事浮沉，我心悠然

第三部分　被辜负的永远鲜活

CONTENTS

目录

世事浮沉，我心悠然

目录 · CONTENTS

后来才知道，不对等的爱从来就不是爱。

▷▶▶

要记得，你够振作，新欢就够好。

世事浮沉，我心悠然

: / Part I

第一部分

守候是最长情的告白

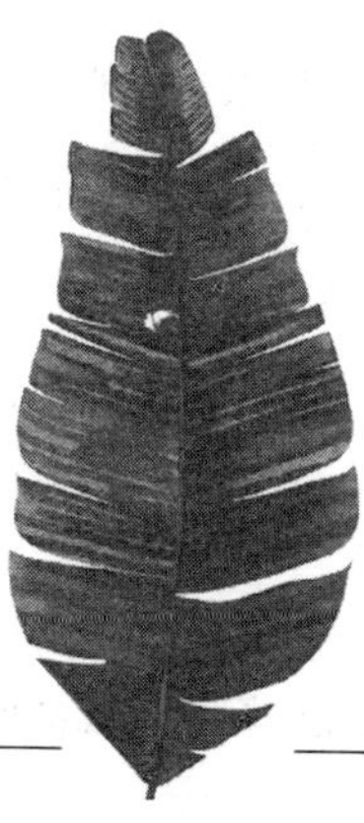

我喜欢了七年的姑娘今天嫁人了

01

夜跑的姑娘都很勇敢大胆，条儿顺，尤其是瑶瑶。爱上夜跑纯属无意，爱上瑶瑶简直就是命中注定，因为我连续三天在同一个位置遇见她。

我在第四天路过她身边套圈的时候，放慢脚步，用很蹩脚的方式告诉了她我的名字和电话，但没有要到她的联系方式，因为她像看见贼一样地逃跑了，把我当成了坏人。

第五天，她身边多了张左，我认识张左，校园里的风云人物，瑶瑶的高中校友。跑了一个月之后，全校都知道了，这对来自祖国同一地方的老乡捅破了窗户纸，跑到了一起。

我感到了莫名的忧伤，一定是我的盲目告白间接缩短了瑶瑶的脱

单时间。

我特别痛恨漂亮女生那种没有主见的样子。她们凭什么单凭外表和才能就爱上一个外表光鲜、也有内涵的风流帅少，却对一个满腔热忱、油嘴滑舌的小胖视若无睹。

我曾经特别憎恨那些虚假宣传的增高鞋和减肥药，我伴着这两样东西生活了四年，比女生每月备卫生巾还麻烦，我是天天备着它们，然而依然改变不了我又胖又矮的现实。

瑶瑶坐在我前面的位子上，厌恶地转过头："又喝药，太难闻了，离我远点。"这大概是每天我最想听到的一句话，证实我的爱情还活着。

我知道，假如有一天我没有了那点跟在瑶瑶身后跑步、唠嗑解闷、喝减肥药的乐趣，那我的爱情也就终结了。

我没想到的是，这些看起来很奇怪的习惯在我身上日复一日地一演就是七年，这才是最大的悲剧。

02

她的朋友们说我死皮赖脸到她们想象中的极致了，我是背着张左和瑶瑶的行李，以瑶瑶男闺密的身份，追随他们来到瑶瑶家的小县城的。

瑶瑶考取了当地的小学教师，张左在爱情的作用下选择回城。据八卦流传的版本他是被逼无奈的，他的野心与抱负被瑶瑶暂时拿下了。

他吞了口闷气，决定回城唱一出妇唱夫随，然而演出在高潮的时候落幕，两人在扯了证没办婚宴的中途，闹掰了。

我，瑶瑶的千年备胎王毅，又成了这一悲剧的间接推动者。

因为我是不同意他们一毕业就结婚的，大家都很年轻都是未知数，都有无数可能，我建议瑶瑶就算结婚，也得举行结婚仪式。

瑶瑶说："费什么话啊，谁结婚没仪式啊，婚纱我都看好了，我发给你看哈。"

点开淘宝的我手麻了，看到婚纱的我眼模糊了，我说好看好看，我真的再找不到什么合理的理由阻止两个相爱的人结婚了。

再说，我的建议和阻拦真的好荒谬和荒唐啊，谁都能看出说了和没说一样。

但是，观众朋友你能想象吗？张左真的不准备办婚礼。

理由是证都领了，还在乎什么形式，酒店婚宴钱不如留给他创业；混账理由是，反正瑶瑶有工作了，但张左还没混出名堂呢，弱势的一方有权任性啊，不办仪式就是不办。

俩人真崩了。

我跟瑶瑶说："还真看不出，在校园里风流倜傥的张左毕业后这么没用。"

瑶瑶用绝望而凶狠的眼神回复了我："你又有用到哪里去了呢！"然后我听到她嗓子里那句真切的"滚"！

03

瑶瑶傻了半年，看了半年心理医生。她警告我这半年要消失，不能在她面前放一个屁。

然后我就乖乖地背着行李来到了她的隔壁城市，办了个小公司，情场失意，商场得意起来。

你不理我，那我就红火给你看。还真让我撞上小运了，钱包越来越鼓囊。

我几乎没什么花钱的地方，唯一需要花的，就是回瑶瑶的城市，请她同调研室的几个小媳妇吃饭。

所以，那段时间，几乎整座城市都知道瑶瑶的婚礼黄了，也都知道瑶瑶有一个千年不退的备胎。

瑶瑶的第一批学生都要从她手中的小学前半段毕业了，听说把学生交代给接手的新老师后，瑶瑶哭红了眼圈儿。

看她朋友圈那么丧的文字，我心疼得很，就想约约张左，随便聊聊，然而心怀梦想的他，早已经离开他的小城去了大城市打拼。

当年他回小城本来就不是心甘情愿妥协，不办婚宴或许只是借口，他只是把自己伪装得看起来像个好人，像个爱瑶瑶的人，其实，自私到骨子里。

而我不是，我是真心喜欢瑶瑶，她让我消失，我就绝不出现，我有自己的方式和途径，爱着一个不爱我的人。

我时常安慰自己，我们还能看同一个月亮，还在同一片蓝天底下，没准我们还能在连接两座城市的高速公路上擦肩而过呢。

挺好。

04

备胎转正的故事比“小三”上位还要艰难，但是对不起观众了，毕业五年之后，在一个月黑风高的晚上，我从清醒着的瑶瑶手中拿到了转正证书。

瑶瑶给我发了一段长长的信息：“她们说，在低谷的时候，别忙着伤心，要四处走走，四处看看，有没有什么人，在自己看不到的地方，偷偷爱着自己。我听到了，不用抬头看，我也知道，你在我身边。你从来不说，也从来不介意我有男朋友，从来不管我换不换男朋友，那就换成你吧。”

那天既不是情人节也不是愚人节，那天太普通了，普通到收到那样一条信息，我反而以为太阳真的从西边出来了，黑白颠倒了。

白富美姑娘真的会转身爱上穷矮矬吗？不会，因为那时候的我至少也是青蛙王子了吧。矮胖的我被西装拉高了视觉效果，皮肤白的我被领带衬托得还多了几分气质。

说白了，我也没有多不起眼。再或者，多年的夜跑、减肥药和增高鞋，终于回报我了。

都不重要。

我发了无数次确认短信：“你玩真的？”“你确定？”“不改了吧？”

最后，瑶瑶在半睡半醒间发给我她家的地址，我才肯相信，我真的熬出头了，我真爱老天爷，我信了你的邪，天道酬勤啊！

我以迅雷不及掩耳之势，迅速将只有两个人的小公司迁到了瑶瑶的城市，开着那辆刚发家时就买好的马自达，接送瑶瑶上下班、吃饭、看电影、聊天、发呆……但是感觉缺了点啥。

瑶瑶比刚离婚那会儿精神多了，气色也好了，“离婚”这个词不好听，但却是事实，这也是瑶瑶最难走出来的关键。

如果没有那张证书，她和张左就是性格不合分个手而已，但是年轻时候一冲动领的那个破证，让她很难理解和接受自己。

瑶瑶会给我做早餐放到车里，会给我买衣服买所有我缺少的东西，真的是个特别懂事、值得珍惜的女朋友。

我在慢慢接近我这几年心中不变的梦想，我的女神。

这大概是我七年来最幸福的半年时光吧。

05

然而好景不长，就在我觉得我们之间总是缺少点什么、打算提起抗议的时候，瑶瑶主动在我家留宿。

是夜，我们没有喝酒，不敢醉，喝茶把自己喝得无比清醒。

瑶瑶说："王毅，你还喝减肥药吗？"

我说："不喝了。"

瑶瑶说："王毅，你还穿增高鞋吗？"

我说："不穿了。"

瑶瑶说："王毅，你还夜跑吗？"

"跑啊，自从认识你，我更爱夜跑了。想你的时候跑，见不到你的时候跑，你恋爱的时候跑，你失恋的时候还跑，一直跑啊跑，停不下来了。"

瑶瑶哭了，说："可是我怎么觉得味全变了，我还是喜欢做朋友时嫌弃你打击你那种感觉啊。你为什么变了，不喝减肥药了，怪味没了……我和你得毕恭毕敬的了，不舒服啊，你有感觉吗？”

我何尝没有呢，在一起半年了，瑶瑶没对我生过一次气，没吼过我一次，没主动抱过我一次，这不是爱，不是她的爱。

当然，也不是我想要的爱情。虽然人是对的，但感觉是错的啊，呵呵。

我答应了瑶瑶的建议，分手后选择离开她的城市。说开始的人是她，说要结束的人也是她，深爱着的人却是我，这不公平。

瑶瑶伸开双臂想抱我，她说：“王毅……”

我说：“你的王毅要走了，再见。”

我收拾行李，把车留给了那个不愿意跟我走的员工，带着我依旧只剩两个人的小公司到南方打拼。

感谢祖国，给我那么多可以去的地方；感谢合伙人，陪着我一路拍着屁股灰换城市。

我唯一恨的，是自己的执念，和唯一的爱。

06

一年后，她要结婚的消息，从她闺密的朋友圈泄露了。

我点完赞后手不停地颤抖，背对着窗外那轮硕大的太阳，想起那句应景的嘲讽：好大一轮备胎啊。

她要结婚啊，嫁给一个既不是张左也不是王五、李四，我根本就不认识、她父母为她介绍的男人。

我想起七年前酷热的夏天，那个鼻尖上立着香汗的姑娘，眉眼弯弯地朝我笑。

青春如刹那烟火，点亮了我一个人的漫长岁月，往后，我再也找不到属于我的那盏灯塔了。

我奋斗过、爱过、恨过、挣扎过、思念过……等等，都该结束了。

我起身来到楼下，进行了我人生中最痛苦、最漫长的一次夜跑，我想我就要戒掉这个习惯了，戒掉带给我这个好习惯的好姑娘了。

那晚的月色很美，映衬得我格外傻，我在千里之外的南方深夜里，牵挂北方的待嫁新娘。

有时候，汗流浃背比泪流满面更痛苦，然而没人能懂。

我飞到北方那座熟悉的小城，坐在车里在瑶瑶家楼下等，看着婚车队停在她家楼下，看着她的新郎带着一伙人去楼上接她，她穿着雪白的婚纱一路笑着被抱出来。

她穿婚纱的样子真的很美，她笑得很开心很开心，车队开走了，我不自觉地跟在后面还想多看一眼。

手机响了，她发的：

就送到这里吧，对不起，你要幸福啊。

我就是那个一言不发就为你奔赴千山万水的人

01

桃子终于还是要结婚了，她今年二十八周岁，身高164厘米，体重54公斤，美得刚刚好，我曾经在心里无数次地幻想过她穿上婚纱的样子，每次口水都流一枕头。

这下不用想了，朋友圈满屏都是，看了半个月，有些烦躁了，索性关闭朋友圈，叫上大亮一起去串吧。大亮这兔崽子明显颓废了，脸上胡子拉碴衣服皱皱巴巴，反正就是蔫了吧唧的，不精神。

不用猜，也是失恋了。

啤酒一一上桌，大亮喝了一口就火了，他说“八百年请我喝一次酒，怎么好意思来这种破地方，假酒假酒，都是假的。”他拍了一下桌子，狠狠地问我："都是假的你不知道吗？我不喝了。

我很气愤，我才不在乎什么真酒假酒，这么多年混职场，我喝过多少假酒都数不过来了，大亮也是，谁没喝过呢，矫情什么呢。

我真正在意的是他为什么说我八百年才请他喝一次酒，明明上个月的酒是我发了奖金请的，大上个月桃子生日，我怎么能让他表现，抢着也得把单埋了，这次也是我约他，我肯定埋单啊。连续三次都是我请，哪来的八百年不请？请客没事儿，关键是都请到黑影里去了啊。

我张口就开始和他算："我说大亮，咱俩从大学开始算，就是我请你比较多啊，你多少得有点数啊。"大亮失恋心情不好，那我的心情谁管呢？我暗恋十年的姑娘一言不发就嫁人了，过往千山万水的路程都算什么呢？狗屁不是啊。

大亮的青春换过一茬又一茬的女朋友，印象中他总是在失恋，而我只有这一次，还失得名不正言不顺的，我是人家桃子的谁啊？同学？老乡？还是那轮巨大的备胎？

痛苦！

为了到底谁请客多一些，我们俩发生了十年来最剧烈的一次争吵和揭短，我没有他的口才，尽落下风，狼狈不堪，听着他对我的这段段数落，我气得地面都跺烂了，最后狠狠一拳捣在他的胸口上："你的老婆跑了，朝我撒什么火，有病吧。"

大亮也起身狠狠地还击了，最后我俩扭打在一起，把这些年对彼此的不满都发泄了出来。

我们两个失恋的人在陌生的城市分道扬镳，我在这座城市里唯二的亲人——桃子和大亮在同一天疏远了我，我拖着疲惫的身躯从公司写字楼楼下经过，驻足抬头试图找寻我的那间格子间所在的窗户。

可是，楼太高，我数着数着就乱了，数到十几就从头再来，然后又从头再来，直到我的脖子酸了，也没数到属于我的那一扇窗户。

脸颊上不知道什么时候挂满了泪，我知道这么多年来一直和我如影随形的孤独，在此时此刻强有力地拥抱了我。

02

桃子是个优等生，我和大亮是混子，大学时代占了身高的优势，军训时被安排到和桃子挨着。休息时我和大亮就一起斗嘴，然后偷偷地斜眼观察桃子，都在伺机找机会搭讪她。

那天，大亮讲了个笑话，我忍不住笑得前俯后仰，等回过神来，才发现桃子也听进去了，同样被逗乐了，抿嘴强忍住笑。而大亮已经厚颜无耻地从我这边挪到她那边，说："同学我再给你讲个笑话……"

我俩就像相声演员，一个讲，一个捧，逗得桃子开心不已，十八岁的天空里这样的日子就已经比金山银山都幸福了。桃子刻意地同我们保持着距离，我们也十分用心地同她的舍友朋友套近乎。

轮到计算机上机大课，我俩忙着占上一整排机子，来个人就点头哈腰地说："对不起这里有人了啊。"就等桃子宿舍的金花们姗姗来迟。桃子说以后不用这么麻烦了，我们说一点都不麻烦，随便一占。

桃子高中时代的男朋友亮相在国庆假期后，我和大亮都傻眼了，闷闷不乐好几天之后，大亮就领着女朋友来请我吃饭，我再一次傻眼了。

那年的元旦晚会上，帅气的情歌王子大亮在台上深情款款地看着我——身边的桃子，唱张学友的《情书》，桃子跟我说："真好听，我都感动哭了，他俩真般配。"和大亮同台演出的正是他的音乐系女朋友，一对靓丽的人儿惊艳了很多人。

可是，下了台，大亮就直奔我而来，拉着我的手，汗涔涔地同桃子说："我和她分手了，我喜欢你很久了，不求怎么样，只求不骗自己。"桃子还没听完，逃一样地跑了。那一刻，多余的我心里却清楚得很。

桃子又怎会不知道大亮和我的情谊，我试图安慰他，也安慰自己，就转身对大亮说："我同意。"大亮摇摇头，苦笑一声："谢谢你，这一点也不好笑。"

03

大亮的下一任女朋友出现在一周后，桃子偶然撞见了大亮和女朋友在校园亲亲密密，问我："你说大亮是不是有病？！"

我说："可能是吧。"

我和大亮再也没有提起这件事，我默默地守着电话，等待桃子的传唤，可是从来没有，就只有很多次不经意地路过她的舍友身边，听来点蛛丝马迹，犹豫着不敢上前。而大亮经常醉酒后打电话叫桃子救场，善良的桃子骑着自行车载着死猪一样的大亮歪歪扭扭地向前走，这一幕，曾经让我狠狠羡慕过。

我们的友谊岁月静好，桃子的男朋友幽魂一样存在着，没人敢去触碰，也没人去打听桃子和男朋友的关系究竟到了什么程度。

四年后，我们毕业，出色的桃子老早就签约了，但是善变的她也老早就后悔了。那时候大亮已经被某所知名大学的研究生考试录取，天天躺在床上睡大觉，不见女友不喝酒，也不知道在思考些什么。

只是他听说班里要组织毕业实习的时候，一个激灵从床上坐起来，说:“给我报名,我这样懒惰下去也不是办法,我得给自己找点经历啊。”他善于组织善于发言,很快就在实习单位露头,实习单位问他放弃读研、直接过来做市场部大拿如何，这个在别人看来很荒谬的建议，大亮点点头就同意了。

我问他：“这个实习单位有这么好吗？”他说：“我只一个条件，让他们同桃子毁约，不收她那一万块钱的违约金。”他是用自己去换的桃子，免去了桃子的麻烦。

但是桃子并不知情，我陪桃子去领毁约书那天，桃子还煞有介事地和大亮说：“你考虑好了吗？这家很严格的，难进难出，这次毁约可把我累傻了。”

大亮说：“你傻，我可不傻。”

我把桃子领到火车站，送上了去往南京的火车，据说她的男朋友会在那里接她。那一夜，我彻夜未眠，在火车站附近的宾馆里，一遍遍地想象，桃子回来说：“我不去了，我回来了，跟你走。”

电视上一个外国人对我说：“神经病！”

半年后，大亮就离开了实习单位，据说在南京有新女朋友了，他得过去。给他接风的那个深夜，他又喝大了，说:“你终究还是早我一步，来南京了，怎么样，她好吗？”

我说：“不知道。从来没遇见过。”

大亮捏着我的鼻子给我灌了一整瓶啤酒，骂骂咧咧地说：“遇见？这么大的城市哪来的遇见，你去找她啊，表白啊。”

我一低头全吐了，说了句至今都后悔的话：“可是我不喜欢她啊。”

我是一个失败的暗恋者，不但没有和女神告白，就连在同样的屌丝面前我也从不承认自己的心意。

04

桃子出事了，大亮给我打的电话，她低血糖晕倒在马路牙子上，路人捡起她的手机，发现通话记录最多的就是大亮，就给大亮打了电话，但这并不是什么事。

只是最后一个到达医院的桃子的男朋友不乐意了，他和大亮在医院开撕：“你到底是谁？为什么和桃子通话比我都多？”

大亮毫不含糊：“刚和女朋友分了，还不许我追人啊。”桃子男朋友一怒之下捣烂了大亮的鼻梁骨走了。

他不信任桃子，桃子五年的初恋长跑在大亮的搅和下告吹。重感情的桃子哭得死去活来，用世上最绝情的话骂了大亮，并再也不与之交流了。

大亮迅速消瘦下去，事业一塌糊涂，没车没房的他成了这座城市的屌丝，当然我也是，我和大亮聊："你这样不行的啊，你这样真不行的啊。"

大亮的眼珠都发黄了，半月时间平添了几根白发："哪样啊？"

我也不知道。

但是我和大亮依然谁都没有离开南京，就像我说的，我们都再也没有遇见过桃子，她就是我们的同学甲，同在一座城市而已。

大亮是最先忍不住的那个人，他还是忍不住骚扰桃子，问她自己没有做错什么，为什么不理他。

桃子认真地回复："你不要喜欢我。"

大亮说："哦，好的。"然后转身认真地找了女朋友，又请我吃饭。

回忆到这里，我忽然想起来，的确是大亮请我吃饭比较多，他一有女朋友就请我，一分手也请我，这样算起来，就是他请我的多。那我那天实在是太差劲了，可是我太内向了，找不到什么借口主动同他讲话。

就像那次风波整整一年后，我和大亮以及桃子才开始正常交往。工作四五年了，三个人都变了很多，坐在一起吃个饭就真的那么像老同学了，没有暧昧没有忐忑，桃子不担心大亮会追她了，大亮也想通了不追了，貌似只有我还在纠结，可是我从来不说啊，所以也不会造成什么危险。

我们就这样相安无事地正常朋友一样相处着，隔段时间聚聚。直到桃子的婚讯传来，我俩才被突如其来的绝望碾轧，各种失态，以至于在烧烤店因为假啤酒的事儿而扭打成一团。

我同大亮的冷战依然没有结束，在寒冬的深夜，我起床看灯火通明的城市，没有一丝一毫熟悉感，只感觉透心的荒凉与孤独。

我决定离开南京，去一个永远也遇不到桃子的地方。

美丽的桃子，你知道吗？一直有两个人这样深刻地爱护着你。一个以朋友的方式，他一直有女友，你一有事他就分手；一个以同学的方式，他一直不敢表白，今天除外，反正你也看不到，呵呵。

忽然我就觉得心太疼，回忆那么满，未来那么伤，我却什么也说不出，然后眼泪就落了下来。一个大男人同这个女人同这座城市的一段没有情节的故事，还没开始就落幕了。可是这十年的点点滴滴，总也得有个句号不是吗？

在没有人认识我的微博里，我写了很长的告别书信，又一字不落地删了，然后屏幕上突然跳出一条大亮的微博：我就是那个一言不发就为你奔赴千山万水的人，再见青春，再见理想。

我在大亮的那条微博底下默默地回复道：我也是。

愿所有姑娘都有人守候

01

两年后，风姿绰约的婷婷笑容满面地归来，和青岛和解，我们好多同学为她接风洗尘，欢迎回家。

两年前，不断跳槽的婷婷在街头看到男朋友站在一个女孩面前，欲言又止的样子像是在表白，决意分手。

这两年，青岛的海水绿了又蓝，蓝了又绿，这期间，波涛翻滚的巨浪淹没了很多人的爱恨情仇，也掀起过无数人的梦想巨轮。

婷婷的爱情被埋葬在里面了，她的梦想也随着巨轮驰骋过大洋彼岸了，她的归来像一部女人的史诗：

离开你以后，我变成了最好的样子。

02

婷婷怎么也没想到会以这种方式和前任重逢，两年未回家探亲的她，拗不过妈妈，一起去参加姨妈的妯娌的外甥女的婚礼。

自己以新娘娘家人的身份出席，新郎是被异地现实分开的前任，是那个两年前站在街头一次次拉起别人胳膊的英俊青年。

婷婷走进大厅看到迎宾照的瞬间，一眼就认出他，依旧英俊、挺拔，眉眼里还藏着善良。这样的人为何会背叛她呢？

婷婷就想退缩了，她哪有什么勇气去参加前任的婚礼，她哪有什么良药去忘记分手后的痛苦，那些甜蜜的时光、爱过的痕迹随着这张英俊的画像，更加清晰起来。

不过后来，她还是硬着头皮坐在酒店里了，听窗外的礼炮响起，看宴会的灯光明暗，手心的冷汗一点一点地冒出来，连同那些似乎再久也无法磨灭的记忆。

一会儿即将入场的那位青年，脸上的笑容是否如当年一样，他旁边的女人又是否是当年那个街角的姑娘……

她想起身去洗手间，可是双腿像被灌了铅一样寸步难行。她烦躁地拿着手机刷了又刷，忽然想起自己在国外最喜欢读的那个作者的博客：在青岛。

博主今天更新的文章是：曾经相遇，总胜过从未碰头。

03

倒时差的不适应加上婚礼的苦闷，那个聚会上时尚且生机勃勃的婷婷，回家倒头就睡了，天昏地暗，24 小时不曾离开过床。

她做着一个又一个稀奇古怪的梦。

梦见高大帅气的前男友同她解释，路边的姑娘不是新欢，只是新上司的女儿，在追求他，他搞不定。

梦见依旧英俊潇洒的别人的新郎在婚礼上奇怪地问她："你怎么来了？"

她回答："我也不知道，可能只是个巧合，而已。"

我误会了你和街角姑娘的关系，也不知道今天的新郎原来是你。

也有可能不是个巧合，是种注定吧，我有个机会去大洋彼岸镀金，而你没有信心等我，那不如就让误会成为真相吧。我误入你的婚礼现场，本想着逃走，却被别人的一篇博文劝服，那不如就见证下我从前希望幸福的人的幸福吧。

……

梦醒后，她的妈妈问了她更稀奇古怪的问题："婚宴上，坐在你旁边的小伙子叫什么名字？家是哪里的？做什么工作的？"

婷婷嘴里含着一口咖啡，吞下说："妈妈，这咖啡过期了，变质了，甜的。"

她妈妈说"没变质，我给你加了三包糖，那个小伙子说的，你爱喝。"

婷婷自言自语说："难怪，味道怪怪的，苦过之后开始甜。"

04

有一个文艺男青年，强子，写酸不拉叽的诗文，穿棉布衬衣，一个人从湖南漂泊到青岛。问他为什么要来，他说青岛的海里藏着一个姑娘。

这两年，青岛的海水绿了又蓝，蓝了又绿，这期间，波涛翻滚的巨浪淹没了很多人的爱恨情仇，也掀起过无数人的梦想巨轮。

海水是一把千疮百孔的利剑，要是里面真有一个姑娘，那也早已经成了妖怪。

这两年，时间空间维度都在变幻和转移，强子却成了这座城市里的定海神针，他稳稳地等在那里，用博客和日记细数在青岛的日子。

没错，强子就是“在青岛”的幕后博主，也是婷婷这两年异乡生活的精神支柱。

我们班所有同学都是“在青岛”的迷弟迷妹，毕业那天，他不由分说地扛起婷婷和婷婷男友的行李，一同来到了青岛。

三个人，除了婷婷是本地人，两个男生都是异乡客，却是彼此在青岛最好的朋友，也有最好的伴侣。

强子说，此生最大的梦想就是在青岛生活，他带着婷婷毅然离开青岛、婷婷男友另有新欢的故事，化名开辟了“在青岛”的第一篇博文。

此后两年，关于青岛的全域风景、阴晴圆缺、悲欢离合，像一幕幕生动的影片，快速赢得了全班、全市、全国很多人的支持。

05

忘了说，前天，给婷婷接风洗尘的那场宴会，强子中途离席了，他被他的大学舍友，也就是婷婷的前男友喊去婚礼现场排座位了。

他看到了婷婷的名字，新郎说可能是重名吧，怎么可能请她来。

强子疑惑又期待，还是把自己同婷婷排到了同一桌，早早地等在那里，然后，目睹了婷婷进门的犹豫和新郎敬酒完毕后婷婷眼角的那滴泪。

他给婷婷递过一杯咖啡，碰到她冰冷的手指，塞给她一只耳机，让里面不停地回放一支歌曲：《等你爱我》；他给婷婷取过纸巾，擦掉眼角的泪痕，絮絮叨叨地说了很久的话。

这一幕，被很远处坐在另一桌的婷婷妈妈瞥到，然后，眉开眼笑到不自知。

婷婷出国两年，妈妈担心两年："你这孩子怎么那么倔，世上只有一个男人吗？再找一个嘛，国外没有的，国内都有，快回来。"

婚礼上，她看到了婷婷和强子的样子，很满意，问女儿婚宴那天坐在女儿旁边的小伙子是谁。

是谁？婷婷开始回忆：

强子啊，那个大学时男友的舍友、四年中时常不期而遇、四年后非要跟着来青岛、她一直忽略的文艺男青年强子啊。

是谁？婷婷回忆得泪光闪闪：

强子啊，那个会替前男友给自己买饭打水、会在他们分手时两边都不失联还送她去机场、会在“在青岛”源源不断地向她输送信息和正能量、会在她回来时默默地出现在她身边、同样高大帅气却内敛到从不张扬的小伙子啊。

婷婷拨通强子的电话，问他：“你是谁？”

对方答：“婷婷，你离开以后，我变成了最好的样子。”

06

强子的“在青岛”新一篇博客是这样写的：

你参加过前任的婚礼吗？最好不要去，那满满的疼痛都是列车的巨轮，带着你欲罢不能地躲到记忆里，和从前的爱重逢。

既然已经分手，那份爱就是不被祝福的，那就亲手好好埋葬吧。参加前任的婚礼，无异于往伤口上撒盐，伤害自己，伤害……那些爱你的人。

不过，你如果非要去的话，那我就陪你去吧。

而，故事翻篇之后，最好的生活刚刚开始，欢迎回来，我的女神。

你穷啊，那也不分手

01

我原来没有高跟鞋不会走路的，可是脚上起老茧了，不穿了。

我以为我会八抬大轿嫁过去的，可是婚车是两个轮子的，倒很风光。

没关系啊，只要从此日出能看到你的眼屎，日落能听到你的哈欠，我还要什么诗和远方。

真的，我们苟且了十几年，才换来一纸被万人蹂躏过的婚约。

那是一种怎样的世人笑我太疯癫，我笑世人看不穿。

当两个人手拉手心连心走过的那些路，在对面酒店鞭炮声响起的时候，全部化成眼泪的时候，我怎么觉得心情就像是海水……

汹涌澎湃地甜。

一个月前。

你手里捏着一把汗，过来和我商量结婚，我拉面都吃不好了，把你刚刚夹给我的肉又给你夹了回去。

你低着头怪我，别让来让去的，让人家笑话。

我还没说话，你又说："不过，可能得让你丢面儿了，买完房子后，没什么钱了，婚礼就在三安村举行吧。"

我醋放多了，嘴里酸溜溜的，刚想说什么，口水却像断了线的珠子一样先流了出来。

你伸手拿纸巾给我擦了擦，接着说："你放心，有你要的豪车，一辆都不少。"我这才笑了，噎着满嘴的面条，模模糊糊地说："吃啊，你吃啊，吃面啊。"

你还在尴尬地搓着手，不看我的眼睛，声音低沉得我好心疼。

你喃喃地说："你真的想好了吗？我真的比你想象中要穷，我其实很想给你好的生活……我对不起你。"

我把最后一块漂着的牛肉塞到嘴里，咬到的却是一块儿筋，嚼不烂，就是嚼不烂……

我吐了出来，你却还在重复着同样的内容，对不起我，对不起我，对不起我。我抬头看着因内疚而涨到满脸通红和窘迫的你，心想，假如爱情是一块牛板筋该多好，外界多少唾沫也淹不掉它的骨气，除非它自己愿意落入一个人的滚烫心房，沸腾生命始终。

我镇定了一下，说："想好了。"

无数声音响在我心头，我张了张嘴，却发现除了“想好了”这三个字，其他的什么话都没法说出来。

那天，我们的拉面到底没有吃完，一大碗一小碗，二十二块钱。

真是浪费啊。

我们在你村里的饭店里吃饭，你是三年前考上的村官，在这个镇上已经奋斗了三年。

你穿着洗得泛黄的衬衣，络腮胡子却刮得干干净净，和上学时候一样，让我想起当年一眼看到你阳光的样子，小鹿乱撞的心情。

为什么要说对不起呢？难道你没钱就不能娶媳妇了吗？难道你父母没钱你就不能娶媳妇了吗？

说什么对不起啊，难道只有香水、项链才代表对得起吗？

如果都这么衡量，那爱算什么？感情算什么？那我们同甘共苦的誓言和决心又算什么？

你没钱啊？我也没啊。

绝配啊。

02

读书时，我追的你。

女追男很容易，不到一个月我就把你拿下了。

那时候我们都很穷，却都没有在意这个事情，因为身边都是学生，都是花父母的钱的孩子，没有太挥霍的，也没有太吃苦的。

并且即便很穷，我也从来不会生活得多么糟糕。

我会把十五块的高跟鞋穿在脚下，高昂着头去打工。

我会把数月的工资都攒下来，给你买一双昂贵的球鞋，或者给自己买一条很细的项链。

你曾说过，兼职赚钱，是从学业里透过的一缕阳光，只有看得到的人才有资格去沐浴。

我笑了，见过忽悠女友骗个拥抱的、骗个热吻的，独独没见过这种骗女友去打工的。

但我知道，这只是玩笑。

我们俩都很理性很自信，甚至有些超出同龄人的成熟。打工这件事，在日渐流行起来的学校里，我们进行得如鱼得水，生活得充满乐趣。

我卖过LG手机，你卖过将军烟，为了兼职方便，双双混上了二手手机。

然而，总会有波折出现，也许就是为了修炼我们的抗击打能力吧。

那天，我被那个能说会道的姑娘挤出队伍的时候，伤心失望难过到只给你发了一条短信：我迷路了。

便抱着头蹲在路边等你。

街边灯火辉煌的繁华，与初秋我脚上还蹬着的高跟凉鞋那么不搭配，本以为赚了这笔钱就可以换秋季新款了。

我以为你九点会到，可是你十一点才到，我背后的商店打烊了，身边依稀走过几个单身男人，我浑身起了鸡皮疙瘩，有些害怕，你怎么还没有来？

你姗姗来迟，抱住了我，前一秒心里那无数恼你恨你的情绪一下子就没了。

舍友说：“就让你在漆黑的街头等了两个小时？分了吧，分了吧，不在乎你。”

我突然就后悔对舍友倾诉我们的困难和生活的麻烦琐事了。

她们都不是我，又怎么会理解我。

天边的夕阳究竟要看多少人间故事，才能包容一颗伤痕累累的心在下一个日落之前再出来笑一遍，才敢落下去睡眠？

晚霞的那一片红究竟尝遍了人间多少颜色，才可以在漫天黑暗之前，挣扎着红过天际，红过我们热气腾腾的青春？

就好比，我包裹着脆弱的身体，还是要一点一滴地穿过别人毒药一般的“好言相劝”才能和你在爱情这条路上，一路走到黑。

我知道，天总会亮起来哦，只要心是在慢慢靠近的。

我知道你要等到下班才能火急火燎地赶去接我，不然这一天不白干了嘛？不然这五十分之一的学费又要到哪里去凑？

与其相信舍友的话，倒不如相信你。

你说我的领导没眼光，那个姑娘手上有痣根本不适合卖手机。

我点头说：“嗯，是的，我不难过了。”

你扒拉开书包拿出阿尔卑斯块糖塞给我，说：“给，吃吧，吃这个所有的难题就都化了。”

爱情和生活，如果只是简单随了自己的心情，那就真的简单到只剩一颗阿尔卑斯糖了。

甜腻是一种无比自我的暗示。

03

大学时光过得飞快，真的已经忘记很多恋爱细节，但好吃的阿尔卑斯糖我一直都记得。

你说人生不如意事十之八九，然而你会一直记得买阿尔卑斯给我吃。

不管未来会遇到什么坎坷，你想我在你身边的时候，能够感到生活真正甘之如饴。你说这话的时候，我们正好站在毕业的门槛上，我看到飞逝的大学时光刻在你的络腮胡上，也落在我的鱼尾纹上。

我拿过毕业证书，路过那根我无数次路过的电线杆，上面那句四年来我一直在狠狠仰着看的话依旧醒目。

电线杆说："心有多大，天就有多高。"

看着看着，我就哭了，我知道，我从来不是一个没有心气儿的姑娘，我努力学习不甘落后，我去打工减轻家里的负担，我去泡图书馆，写成万成万的文字，只不过是因为不想平凡。

如果真的要平凡，那我尽量争取不要太平凡。

然而，真相太砢碜人了……我们就那样平凡地毕业了，生活现实到像一根鱼刺，卡在喉里，既咽不下去，也没法抱怨。

我踢了两下电线杆，呜呜嘤嘤地哭了："大骗子，大骗子，电线杆你就是个大骗子。"

你听我说完，含含糊糊地也说了一堆醉话，说完后就哭了，毕业前的唯一一次落泪。

我听清了一句："罗罗，对不起，你跟我受苦了。"

我赶紧塞一颗阿尔卑斯糖到嘴里，忍住在眼眶里打转的眼泪，笑着说："没有啊，很甜。"

我知道，这一场爱情，我们都用尽了所有力气，我们都在咬牙和未来死磕，彼此假装看不到各自背后的贫穷、无力、消沉和现实。

我们都是没有底气读研的人。

你身后有弟弟妹妹等着你寄学费，我面前有年迈的父母等着我去照顾，他们四十五岁才有的我，独生闺女，他们是农民，没有养老金，他们凑不起那昂贵的研究生学费。

记得大三刚结束时，你说过让我去考一个，考不上无所谓，考上了学费你来付，就当你多了个妹妹。

我说好啊。

我就只是答应了而已，我把自己躲进被窝里，任凭眼泪汩汩地流，安慰自己说：现在啊，毕竟不是读研的时候。

怕自己太难过，我一遍遍告诉自己，你聪明漂亮又独立，你想要的未来，并不想失控在金钱的匮乏之上，更不想寄托在别人的压力之上。

我是一个女孩子不假，但我更希望自己是一个女战士。

披自己的铠甲，靠自己的力量，娶自己的辉煌。

我真去考了。当然没考上。呵呵。

虽然，你表现出极大的遗憾，却有压也压不住的兴奋。

那难掩兴奋的表情，我太认识了，当年向你表白，你答应我的时候，我就是那样，尽量装作平和，兴奋却怎么也压制不住地流露出来。

你在高兴着我的失败，可是我不怪你，因为你也是在高兴着我们还能在一起。

你说我们可以去一座城市了，我们不用分开了。

我终于还是和你站在同一条跑道上，背着行李来到另一座城市，开始打拼。

只不过，你在城西，我在城南，公交倒一班，要两个小时，而已。

“而已”这两个字是你说出来的。你说没关系，再远的路，你也跑。

那天，你请我吃了好吃的大盘鸡，七十五块钱，你平时一周的生活费。

你把自己喝醉了。

你问我，我们是不是这座城市里最底层的大学毕业生，没有背景，没有名校学历，甚至没有一套合身的正装。

我说，不是，我们是当下最奢侈的大学毕业生，毕业了，还能同爱人在一起。

你灌了一瓶啤酒说：“会变吧。”

我说：“你指什么？”

你说：“说不清，只是隐隐地担忧。”

04

我认识了陈雄，同一个办公室的帅哥。

他的失恋轰轰烈烈，女朋友上了富一代的车再也没下来。

他人缘不错，全办公室人都想陪他默默度过这段艰难岁月。

他在酒吧开了一瓶四千块钱的酒，说：“罗罗，我这样挥霍掉一个月的工资，怎么都没有痛感，怎么麻木了呢？”

我尝了一口洋酒，说：“很烈，你怎么会没有痛感，是失恋太痛了吧？”

他说：“不知道哎，没觉得痛，你打我一下，我试试痛不。”

我说：“从不打人。”

他说：“那怎么办？”

他垂着脑袋，酒水洒落在胸前，打湿了衬衣，抬起脸，湿漉漉的面容上写满了痛苦的尴尬。

这让我想起你无数次醉酒的场景。

你常常会担心有一天会失去我，会找不到属于幸福的天亮。

你把胡须塞进烈酒，一遍遍地向我发誓，我们一定会好起来，一定会。

可是亲爱的，我一直都相信啊，我什么时候说过不相信会好起来？

生活细节会说话吗？会的话，它们有没有和你聊起过我？

你那每次新洗过的衬衣，有没有和你说过，机洗的衬衣不如手洗的？它身上落满的褶皱，是嘀嗒嘀嗒的时针划过的记忆，既香醇又甜蜜。

你那现在一尘不染其实却沾染过无数酒渍脏污的拖鞋，有没有告诉你，进门看见它，就如同看见远方的希望，人生路途遥远，相爱的人总有出路？

呵呵，你一定没有和它们聊过吧？

但是我和它们聊过，和你的衬衣还有拖鞋聊。

聊的什么？

不告诉你。

陈雄大颗大颗的眼泪终于落了下来，他竭力压低的声音却像在怒吼："我说过我以后会有钱的，不是现在，罗罗，她为什么不相信我？"

陈雄定定地盯着我的眼睛里写满问号，我知道，他在问我。

我想起了包里那零零散散地散落角落的阿尔卑斯糖，我从包里掏出一颗阿尔卑斯糖塞给他，然后得说点什么吧。

"会好的。她不信，我信。我这里有阿尔卑斯糖，很甜的，你试试。"

陈雄把糖扔进酒杯，倒进嘴里，嘎嘣嘎嘣嚼着吃了。

我看着窗外漆黑的夜，身边的同事们相继离去，我想我也该回去了。

陈雄说："有效果，我好多了，谢谢你，罗罗，我送你回去。"

然后，你就打电话给我了，说："今天是周五，你怎么还没有回家？"

我说："哦，很快就回。"

我们租住的家选在了你的公司附近，每天来回奔波的是我啊，因为你不到晚上九点下不了班，九点钟的县城哪还有什么公交。

陈雄送我回去的时候，遇见了在楼下接我的你，他说："嘿，伙计，你对罗罗不好，我要追求她了。"

你愣了几秒，揽着我进门了，接着，你沉默了一夜。

你说："这世上真是可怕的轮回啊，你看，他的女友跟别人跑了，他却又来追我的女友，这报复怎么最后到了我身上呢？"

我说：“你想多了。”

你意味深长地看着我，又意味深长地看着月亮，说：“罗罗，我对你没有把握呢。”

陈雄的追求比我们想象中来得更猛烈一些。我会时常对着鲜花、午餐和手机短信发呆，我会时常发现你在深夜坐起来叹息。

你也比我想象中来得更拼了。加班加点，打两份工，对不？知道而不点破，是作为女朋友唯一能给你的尊重。

你泛白的衬衣泛黄了，我要给你买新的。

你拦下了，用几乎哀求的声音说：“求求你，罗罗，怎么也给我一个机会，攒一件能一直在你身边值点钱的首饰。”

我说：“好啊，我最喜欢首饰了。”

05

可是，后来，你打了三份工，精力不够，反而把正职弄出大差错。你失业了。

我们一个小二本的普通学校的普通毕业生，背着行业失误再去谋职，谈何容易。

房东来催房租那天，你朝我爆发了压抑已久的坏脾气，各种暴怒、指责。

你说你已经失业三个月了，你已经面试过十次了，你经不起失败了。你怪陈雄追求我，你觉得我很快就要步上陈雄前女友的后尘了。

你说看吧看吧，按A男配B女，B男配C女，C男配D女，D男配E女，E男啥也没有的男女搭配理论，你就成了那没人要的可怜的E男。

我拧出床单上的水，踩着板凳晾到窗外的绳子上时，看到了陈雄的车停下来。

我憋住满脸的泪水，转过身，安慰你说："别瞎想，别担心，你还有我，我还没有失业，我养你。"

你听到"我养你"几个字,仿佛更加暴跳如雷,摔了桌子上的塑料杯,空心的杯子弹跳起来的声音，清脆但又那么沉重。

那是我第一次听到心碎的声音。

陈雄敲我们的门，说："你们在吵架？我来得真不是时候，罗罗，你不知道吧，咱俩都失业了，你们不要为这点小情小爱打打闹闹耗费精力了。"

你吃惊地看着我,说"你也失业了！那我们的房租更没有着落了。"

我还没来得及问为什么。

陈雄瞪着满是血丝的眼睛，一拳就打上去了，他说："滚，滚离罗罗的身边，你不配。"

我撕裂开嗓音冲上去，狠狠地扇了你一耳光，然后跟着陈雄离开了家。

然后，在路边，我和陈雄坦诚地谈了谈。我告诉他，你真的已经一无所有了，不能够再失去我。

陈雄青筋暴起地指着我的鼻子，几乎愤怒得跳起来，说："傻子！"

然后愤怒地转身离开了。

傻子，傻子……

这两个字像一股绳子，突然冲到我的眼前，越过我的思维，迅速俘虏了我的心脏，它们死死地缠住心房，在上面绕了一道又一道，好疼。

疼到眼泪滚烫地落下来，疼到我忽然不知所措，不知道该往哪里走……

泪眼模糊中，却突然看到你穿着背心、裤衩，站在那里。赤脚追出来的你，正躲在我身后瑟瑟发抖。

我过去拉着你，两人沉默地回到家，抱头痛哭，抱头痛哭啊……

那是一种走投无路的绝望吧。

第二天，你说："你走啊，离开我啊。"

我说："因为你穷，还是因为你脾气差？"

你说："都可以啊。"

其实你并不知道，我也想啊，我好几次都忍不住了，想离开你呢，但是我真的离不开。

我也不知道为什么还爱着你。

06

苦难总会滋生新的转折，双双失业也许并不是什么坏事。毕业一年后，我重返校园，学费用的是上一年积攒下的一万。

你呢，在闭关突击两个月之后，考上了三安镇的村官，算是有了铁饭碗。

你到底没有送我一件值钱的饰品，因为我执意不要。

但是我收下了你送我的那双一千多的鞋子，因为你曾经在深夜为我修剪过穿质量不好的鞋脚底磨起的老茧，你曾经的心疼和难过都被我抚在手心、记上心头。

我知道，你是爱我的，是贫穷让这爱有些无能为力吧。

住过一年的出租屋被空了出来，被收拾整齐的锅碗瓢盆发出刺耳的声音，打破了即将分离的恋人间尴尬的沉默。

你的忧郁气质几乎传染给了我，我找不到什么话题，也找不到什么话表态，甚至发誓。

后来，你说："看，躲过了初一，躲过了十五，我就知道你不是甘于平凡的姑娘，我就知道你终究要去追求你想要的，我就知道我能给你的，还是差那一大截。"

我把那些在你加班赚钱的日子里陪我度过无数漫漫长夜的衬衣塞进你的皮箱，和它们喃喃说道："会不会再见，看缘分了！"

同时眼前模糊地出现当时买它们的场景。

最老的小白，也是最黄的老白，已经面目全非了，它是四年前我送你的生日礼物，后来穿不出门，就成了我的睡衣。

它同我讲过，你曾经为了一个单子连干十杯的壮烈，你拿到第一笔奖金默默塞进我钱包的激动，还有你烈日下骑着单车赶路的熊样。

小花是你的最爱，里面有一层薄薄的夹棉，固执的你不再穿别的毛衣了，在某次路边等我的时候，冷到发烧，三十九度。

小格子是新入手的，那天，你要求我陪你买够一年的衬衣，真的到了商场，却只挑了一件，你说反正在村里，不用那么多。倒是我去了大城市，要学着光鲜靓丽……

然后你又自言自语地说：“你本来就够靓丽的，呵呵。”

同你抱别的时候，我也同自己讲了一句话：“再不再见，看缘分。但缘分断不断，靠我。”

我认识了新的朋友，她们不解，既然早晚都是要读研的，为什么去年不读，我说因为去年没有学费，她们说：“你男朋友不是工作了吗？”我笑着摇摇头，我不想花男朋友的钱。

你也有了新的同事，他们同样不解，你女朋友已经越飞越远了，你就接受现实吧。你说未必吧，陈雄追她的时候，她都没走，现在也未必吧。

爱情的距离，从县城的城南到城西，变成了祖国的南方到北方，买机票飞行的那个人却依然是我。

而且并不是每一次你都会来接。

你说隔壁的王大爷生病住院没人陪，你是村官你得上啊；你说新一轮的选拔考试开始了，培训班你得上；你说你被混混打折了腿，让我别去了。

什么？！腿被打折了？我一定要去啊。

我匆忙踏上了列车，身后有同学嘲弄的声音：穿着旧衣服去见男朋友，这女生真是可爱呢。

唉，真的很烦他们。

我们究竟什么时候才能干净单纯地穿过别人不怀好意的议论，自顾自相爱呢?

你躺在床上，眼珠泛黄地看着天花板，对我的到来并不是很热情，挡掉了我为你刮胡子的手，说:“三个月了，我动弹不得，我想了很多。”

我说：“你为什么才告诉我啊？你想到了什么？”

你说：“第一，我们得分手。第二，我得离开这里。”

群众利益受到了损害，上访到政府，而政府给你施加压力，搞不定他们你还当什么村官，质疑你的能力是零。

自尊心受挫的你走进了群众代表的家，试图安抚，却正好被当作出气筒，暴打之后，你从村民大院出来几乎是用爬的。

但你一滴泪都没有掉，你说你心里不甘，为什么在你负责的村落里还有如此愚昧、不明事理的村民大面积存在？为何还会有无缘无故的伤害？你要改变它。

那一夜你担心村民去你宿舍闹你，怕我吓着，把我藏在一个善良的村民家里。

我翻来覆去睡不着，脑海里翻滚着故事中的一切画面，心里打过无数次退堂鼓。离开他吧，你们的爱情已经在苟延残喘。

而第二天清晨，我吱呀吱呀地拉开房门，却看见裹着大衣的你靠在门框上，你憨憨笑着，是我这次来你第一次笑，你说:“你不是小胆嘛，我给你守了一夜。”

我不知道卧床不起三个月的你是怎么来的，我也不知道昨夜你会不会冷，我只知道，昨晚那个打退堂鼓的姑娘真不是东西！

嗯，即使狼狈，我也要继续陪你狼狈下去。

07

陈雄和好多人都跑来问过我，为什么？你明明值得更好的。为什么不找一个爱你的人？

你不花他的钱，不欠他的情，为什么要在一棵树上吊死？

刚开始我没有理会他们，后来，我干脆露出满面红光，大大方方地承认：我爱他啊。从初次见面到一起工作到再分开，我依然满心满肺都是他勤奋和努力的身影。

我没有说的是：我信他，一定会给我一个好的未来。因为没有必要告诉他们，当下生活且在冷暖自知，未来的大话先说出来岂不是又招嘲笑。

我毕业啦，你在三安镇待了两年了，身体早就康复，群众的心也早就收服，你在默默地实现着人生价值的时候，还不忘存了一笔可观的钱，但是不够在县城买房。

我去到你的城市，签工作合同那天，兴奋地跑去三安村问你，要不要结婚？

你摸着我的头发，惊讶万分，说："你确定？"

我说："确定啊。"

你说："为什么？"

我说："要原因啊，让我想想，你先吃面，很贵呢。"

对面的你吸溜吸溜地吃着面，你吃饭有声音，喝汤也是大口地咕咚。

我和你说过很多遍，这习惯不好，可是，你依旧没有为我改。

就像你依旧坏脾气，依旧很穷，依旧有那么多外人看起来不尽如人意的地方。

但是，也还好啊，我也不貌美如花艳惊四座，也没有贤良淑德人见人爱啊。

我们就是芸芸众生中普普通通相爱的一对年轻人，如果我们都不去宽容彼此，都不会尽力呵护来之不易的爱情，那谁能来替我们幸福呢？

有十年了吧，我们彼此陪伴着走过了最美的年华、最好的时光，一幕幕的画面在我面前播放，一起走过的路，是不是就是结婚的最好理由呢？

你吃完面，问我："想好了吗？"

我说："早就想好了啊。"

你说："不会后悔？"

我说："磨合期都过了，接下来是安全期啊。"

你说："所有人都在劝你三思啊。"

我笑了："那你倒是有能力娶'所有人'啊。"

你笑了："成交。"

我说："我要辆山地自行车来接我。"

你说："嗯。"

我说："我要六辆，哦，不，八辆，哦不，越多越好。"

你都没看我，低头看路，小声说："如果这算是接新娘的豪车，越多越好。”

没钱把婚房买到城里，那就先买到镇上嘛，有你的地方就有家，这是谁发明的，说得真好。

08

婚礼的日子就这么到了。

前一夜下过雨，通往村口的唯一一条大道，此时也已经泥泞，村里的气氛却热闹无比。

我们一行八辆山地自行车“开”过去，所到之处尽是掌声。

我知道，你觉得欠我太多鼓励和赞赏，昨夜踏遍乡里乡亲的门槛，请求乡亲们能够慷慨地把掌声送给肯嫁给你的我。

我从自行车上一跃而下，踩着泥巴就向前跑去，心中充满对幸福的向往。

没错，酒店在村里那又怎样？婚房在镇上那又怎样？我们穷开心那又怎样？

哦，不对，经过这些年的挣扎与努力，我们应该也不怎么穷了，也在一步步走向更好的生活啦！

没有证婚人，无须什么仪式，乡亲们要求在开喝之前让我说两句。

我想了很久，也不知道该说点什么。

我们都是普通人啊，我们没有什么大富大贵的命运，甚至还有点为了生存在忍辱负重，可那又如何，我们有爱和恒心啊，我们守住了很多毕业生的爱情图腾呢。

我们干什么都失败，看起来人生充满不如意，可是那又如何，我们仍然要顶住一切压力，结个婚生个孩子延续希望啊。

我看向你，用眼神暗示你，口才一般，真的没什么要说的呀。

你笑得很灿烂，提醒我说："那你就说一句'我愿意'吧。"

于是，我对着满屋宾客，温暖地说："我愿意。"

话音起时，我们是笑的，话音落时，我们都哭成了泪人……

我趁机拥抱了你，伏在你的肩头，说了一句心里话：

"虽然，你没有房子、车子、票子，但是，我不能让你没有妻子。"

勇敢地去睡胖子

01

我是讨厌胖子的，干活儿容易累，累了容易出汗，汗了容易臭。

所以我远离张伟，一个心宽体胖每天只知道朝着我傻呵呵笑的超级大胖子。我在真心话大冒险时，隔着五六个人问他：“你说你是不是有 220 斤？”

他红着脸承认了，那一刻我很慌，觉得玩大劲儿了。

果然，爱起哄的人们，在下一波大冒险时要求他背着 96 斤的我跑 200 米，张伟从草地上支撑着站起来，小跑两步到我身边已经气喘吁吁了，还有劲儿背我吗？

我连连摆手：“不行不行，他的大冒险怎么成我的了，跑完 200

米他的汗不得臭死啊，我不干。”

在大家的哄笑声中，张伟的脸红一阵白一阵的，很挂不住，终于对我动粗了，他抬高的声音里分明夹着愤怒：“小齐，要玩就玩得起，臭你也得闻着啊。”

我刚要用双手捏住鼻子却晚了，被张伟三下五除二拎了起来，几个男同学不由分说地把我扛上去，一次漫长而痛苦的马拉松就开始了。

我屏住了呼吸，痛苦而倔强地高昂着头颅。张伟隔段时间就吼我：“你趴下，你这样我太累了。”

我置之不理，我受不了从一个胖子的衬衣领子里传出的不明气息，真心受不了，真不是矫情。

末了，我被张伟扑通一下扔在草坪的终点，我说：“啊——疼——”

他头也不回地走了：“玩什么视死如归？！你够了。”

从此我对胖子没好感，脾气烂还带着恶臭，有多远滚多远。

还有脸暗恋我？！

02

后来我才知道，干活儿容易累出臭汗的，不是胖子，而是智商不够只能出卖体力赚生活费的那一类人，比如在私企跟货单的我。

我爱上了一个瘦子，他是我师傅，早我一年在这个岗位上，经常教我最新的“攀岩”动作。

我们厂的货物堆集方式并不统一，一次一个样。我经常需要爬到最上面挨着个儿检查货号名称和数量，每次喘着粗气从货堆上下来，师傅总在底部蹲着马步，张开双臂做保护状。

久而久之，我觉得不跌落到他怀中一次枉为人徒啊。

那天被领导骂得一脸的泪，手掌上抹满了鼻涕，我手一滑眼一闭就放肆地秒变自由落体了，反正有人接着呗。

师傅下意识地一躲，我重重地摔到了地上，骨折的瞬间师傅靠上前来："真掉啊。"他抱着我跑向大门口拦出租车，一阵风吹来，他捏了捏鼻子，"几天没洗澡了。"

我疼得都要怒了，心里盘算着怎么解释洗澡的事儿，说我每天都洗可是每次干活儿都出汗所以有味儿？可就算如此女生身上不应该是香汗吗？

说我这几天感冒了没空洗澡？那和间接承认我身上有恶臭有什么区别啊。到底该怎么说呢？

我还没想好，我师傅接着说："等会儿上车你自己先去医院啊，我这月工资算错了我找一下财务科再去看你。"

我接着就蒙了，这算什么爷们儿，我一个跌骨折的人自己去医院啊，这什么师傅，这什么瘦子，最后的一丝爱慕逆风戛然而止。

刚好出租车到了，我说了句："宿舍没水了，才半个月没洗澡而已，臭吗？臭死你。"说罢坐上车扬长而去，隐约听到瘦子说："神经病。"

我跳下出租车，连跑带跳地回了宿舍，打包行李，我离不开这座城市，但我一定可以离开城东。

当夜，我想起了被我当众嘲笑过汗臭的张伟，毕竟毕业后他再也没有理过我，而我们原本也是同班同学的。

我扒拉了好久的同学录和QQ群，终于找到了他的电话，打给那个暗恋我的他，哭得稀里哗啦，说：“对不起啊，当初不该喊你胖子，不该说你出汗臭。”

张伟愣了几秒，最后释然了，说：“你谁啊？”

我谁啊？

死胖子你开学第一天连个皮箱都拎不动，是我一个弱女子帮你扛上五楼的啊，你忘了吗？

对哦，是我一个弱女子以百米冲刺的速度跑去教室拽来一个瘦子帮你抬的皮箱啊。

死胖子你不觉得你高数作业本里密密麻麻的字条，字很好看吗，你没看啊？我写的那么多减肥妙招，你为什么不看啊？哦，难怪你毕业还是220斤。

死胖子我不就当众羞辱你那一回吗，你用得着把我摔在草地上不闻不问地走掉吗？我每天中午去你楼下，整整等了一个星期，也没等到你，我道歉还不行吗？

死胖子，这座城市这么大，你怎么从来没有告诉我，我签了西城的约，住了西城的宿舍，怎么还是偶遇不到你啊？罢了罢了，我辞职去东城找你行不行？

这些年，笑了哭，哭了笑，我常常在忏悔，当年你背我的那200米，满腹的草稿怎么没有念出声。我准备和你聊天的，比如：“张伟，你知道你其实不胖吗”“张伟，毕业去哪座城市啊，一起去呗”“张伟，你知道我叫齐什么吗”。

说不出话来，我在你浑厚的背上，高昂着头捋顺了自己的气息，却一个字也说不出来。悲剧就在于你觉得我是在“视死如归”。

为什么我要去找你啊？非得让我自己打脸吗？！

我讨厌胖子，竟然是我自己撒给自己的一个弥天大谎。我说胖子暗恋我，其实是我暗恋胖子。哎，瘦子师傅麻烦你靠边站。

我们不同班不同系不是老乡，我瘦你胖，我矮你高，我爱说笑你沉默，没有一个共同点啊，没关系啊。

可是，我该怎么去找你，因为你竟然问我我是谁？你想我怎么说呢？难道我是大明湖畔的夏雨荷吗？

愣神儿间，我收到张伟的一条短信：“荷荷，明天下雨记得带伞。”

看来我必须得是夏雨荷了，你看张伟都记起前世的缘分了，可是怎么不对劲呢？

我又收到一条短信：“开玩笑啦，小齐，你也在济南吗？”

张伟你记起我了，你果然不知道我的名字，但愿你还记得我的轮廓，我娇小瘦弱很有力量，应该和心宽体胖有些虚弱的你很般配吧。

你，你身边多了一个“荷荷”，你把发给她的短信发给我——荷荷的情敌。

西城真大，我行李太多了，出汗了，好囧，你会不会嫌弃我臭。

远远一个熟悉的瘦子走过来，我张了张嘴：“你怎么这么瘦了。”

张伟大手一挥抓过我的行李，天边的晚霞漫过他的脸。

我听见自己心里说，太奇怪了，吴彦祖怎么来了。

张伟摇了摇我的胳膊，说："呵呵，我不是吴彦祖，我是张伟。"啊，我刚刚有把心里话说出来吗，有吗？看来有。

我说："张伟，你瘦了，现在 160 斤了吧？"

张伟说："220 斤啊。"

我说："不可能啊，上学那会儿你 220 斤的样子我又不是没见过。"

张伟白我一眼："你真信啊？我从来没有 220 斤，只不过，那时候，你说的话我不想反驳，你说的都对。"

我说的都对？这么在乎我啊，怎么听着，还是他暗恋我啊，我又糊涂了，我们到底是谁暗恋谁呢？

先不考虑这个了吧，我觉得张伟是赚大钱了吧，给我的接风宴，看起来很贵。

优雅的环境，寂静的氛围，尴尬到我听得到背上的汗滴在往下落，窘迫间抬起头，张伟已经拿着一张手帕在擦额头了，他见我看他，便说道："这家暖气开太大了。"

我愣了，现在是 10 月，冷气暖气都没开吧。

他觉得不对劲，抬起头说："呵呵。"

开了瓶红酒，碰几次杯之后，我问他："荷荷今晚加班啊？"

他说："什么荷荷？"

我说："你昨天发错短信啦，把发给女朋友的发给我啦。"

他说："没有啊我没有女朋友。"

我掏出手机给他看，问："那荷荷是谁。"

他笑得前俯后仰："荷荷呀，是呵呵，我的口头禅，打错过一次，手机记住了，懒得改而已。你以为呢？"

我脱口而出："我以为是大明湖畔的夏雨荷呢。哈哈哈哈。"

两个老朋友终于可以相认在一座陌生的城市，济南。那天大雨，我们索性一醉方休。

回去后， 不久就到 12 月了，又该写年终总结了，我翻开年初写的新年愿望：每天太阳升起，愿和一位胖子温柔相拥。我找来一支又粗又红的笔，在后面隆重地画了一个叉号，然后沉沉睡去。

清晨昏头涨脑地醒来，发现睡错了地方，自己的皮箱打开了，衣服凌乱，这没关系，关键是身边还躺着一个胖子，胖子和衣而眠，身体欠佳，流汗。我凑上前，咦，不臭啊，好闻。

我从地上捡起我的笔记本，打开扉页，看到我 2016 年许下的新年愿望：

每天太阳升起，愿和一位胖子温柔相拥。后面那个大大的叉号被一个估计得描十分钟的红方块覆盖了，取而代之的，是一个大大的对钩。

我暗喜，看着熟睡的张伟，心想我应该是喜欢胖子的。

最漫长的告白

我认识她八年，她说一年似一个片段，连起来竟也成一出戏，没有结局，却耐人寻味。

01

我从阳台上看见一个姑娘扎着马尾背着书包傲娇而来，特清纯、特青春。

她的妈妈给她介绍了她的新邻居李磊，一个刚刚大学毕业随单身母亲搬到那栋楼的小伙子。

李磊妈妈闻声也从家里蹿了出来，她不善言谈，只是自上而下地打量着姑娘和李磊，又自左而右地打量着姑娘和李磊。

姑娘的妈妈笑了，一定是秒懂李磊妈妈意味深长的打量，于是她和自己的女儿有意无意地闲聊："怎么唐安没有送你回来？"

姑娘回复妈妈："人家也有妈，也得回家。"眼见妈妈不是很满意，又转而说，"过完年来接我回学校，这下行了吧。"

哦哦，原来姑娘是有男朋友的。姑娘一家和李磊一家挥手告别，各回各家了。

李磊问他的妈妈："咱们邻居家这个女孩叫什么名字？"

李磊妈："我也不知道。只听说在河北读大学，在学校里很优秀。"

李磊在心里想那就叫小 1 姑娘吧。

后来的整整一个寒假，我再也没有见过姑娘，猜也许她是个宅女不爱出门吧，直到正月十五那天傍晚，天空开始零星地出现礼花，我就是在那时候贴到窗户上看傍晚的美景，然后惊喜间，再次看见了那位美丽的姑娘。

她穿着火红的羽绒服戴着一副白手套，身边站着一位青年，应该就是她的男朋友唐安，他正伸手弹着她头上的雪花。

姑娘拖着行李随着唐安离开楼道，一步一回头，嘴唇在动，依稀可辨："爸爸妈妈，再见，我去上学了。"

02

一年后，我去北京学习，绕路去河北看望过姑娘。不为什么，就是单纯想去看看，看看她是不是如我梦里那样真的剪了短发，还起了好多青春痘。

在人来人往的校园里，我寻寻觅觅，终于找到了她。嗯，她真的剪了短发，俏皮又可爱，我会心地笑了。但她没有青春痘，热恋中的人皮肤总是最水灵的呀，我还无意间看到，她还起身去亲吻了瘦高的青年唐安，啧啧。

然而不远处，静静地站着我们的邻居李磊，他穿着黑色棉衣，低头故意、执意并充满敌意地经过小 1 姑娘和唐安的身边，像是在不满又像是在无奈。

姑娘沉浸在爱情里，满眼含蜜地盯着自己的男朋友在笑，没有注意到李磊路过，当然也没有打招呼。

我走进一家饼店，想吃点东西，看见李磊走到我的身边，点了一份手抓饼加了双蛋，嗯，小伙子很壮实，没点力气怎么追女孩子嘛。

我还听见他痞里痞气地打电话给姑娘："小 1，咋和唐安还没散呢。哥哥特意来看你啦，啥时候和哥哥回家呢？"

姑娘在那头毫不客气地回复他："没散呢。那怎么能说散就散？我不回老家去啦，我毕业也要跟着唐安去北京了。"

我一听乐了，北京呀，哈哈，小 1 姑娘，敢情你的梦想和我的梦想有交集呢，你不知道我也超爱北京吗？嗯嗯，现在你是不知道，以后你会知道的。

我的手抓饼很快就吃完了，趁着想去北京这突如其来的冲动劲儿，我赶紧打了电话给妈妈，说："妈妈，我想留在北京工作。"

妈妈说："那不行。"

03

两年后，我和领导醉晕在某个饭店，午夜十二点我拒绝了领导的好意，狂奔在街头，吓散了寂静街道上一对又一对深情拥抱的情侣，没来由地，我就想起了清纯可爱深得我心的小 1 姑娘。

她好久没有回家了，又要过年了，应该会回来吧。

第二天早上，我的酒劲儿还没有过去，被妈妈吼起来没洗脸就穿着拖鞋下楼了，在楼道口被小 1 姑娘和随姑娘回家的唐安迎面堵上。

小 1 姑娘欢快地同我打招呼："嘿，过年好呀。"

我说："嘿，这么早就拜年啊，好啊好啊都好啊。"

可是，身后传来李磊的声音："好个屁啊，我连个对象都没有，你看看你们出双入对的……"

然后唐安就开口说话了，我发誓那绝对是我第一次听他说话，震惊程度成为那一年对我来说唯一的一件好事。好吧，我邪恶了。

唐安张口了："你，你好，我，我叫，我叫唐安，是，是，是她的，的，的男朋友。"

他是个结巴。

我看到李磊也惊呆了，他甚至友好地伸出手，同青年握了手，甚至拍了拍青年的肩头……

那交流，够意味深长。

04

从哪里看到过一句话，永远不要小瞧一个姑娘同你同甘共苦的决心，说得真好，就像永远也不要怀疑小1姑娘对唐安的爱和追随的勇气。虽然，我并不知晓，那爱基于什么，那爱得有多浩瀚，才能吞没唐安是结巴的事实也不去计较。

三年后，他们仍然在一起。

一个阳光明媚的午后，我坐在办公桌旁心情大好地读着关于自己的任职文件，提拔了，科长了，虽说工作是一眼万年，可是情怀也是无处安放。

突然，就在慵懒和玩味间，我接到了小1姑娘的短信："给我个卡号，我给你打十万块钱。"

正愣神儿的工夫，又一条："我妈妈得了富贵病，却不要我的钱，给你，你去给医院，找最好的陪护。"

我跨上捷达飞奔到医院病房，看到了祥和的一幕，小1妈妈在哼小曲，小1爸爸在打太极，气氛温馨和谐得让人感怀。试想，如果有谁可以娶到小1姑娘，他们的二人世界是不是也应该和她的父母一样让人陶醉。

可是，小1姑娘打给我的那十万块钱用不着了，医院窗口递给我一张已缴费的单子，上面签着李磊的名字。

我打了个电话给妈妈："妈妈，当年你不准我去北京，现在你帮我一个忙。"

妈妈说："请讲。"

鬼使神差间，有一股力量在怂恿着我，我开着捷达一口气也没喘地沿着高速直达北京，到了小1姑娘所在公司的楼下，抬头遥望13楼。

果然，小1姑娘摇曳着美丽的长裙翩然而下，袅袅娜娜，看呆了路人和我。

我刚想上前打个招呼来着，那口吃的青年唐安骑着铁驴抢先一步，停在姑娘面前。

小1姑娘和他说：“送我回家多少钱？”

唐安说：“亲一下，不要钱。”

傻姑娘和傻小子在喧嚣的城市间自顾自地演绎着这出老掉牙的段子，两人都面色绯红、含情脉脉，他们的浓情蜜意溢出在北京的傍晚，羡杀旁人。

可是，小1姑娘身边的白领们仿佛并不欣赏这场演出，四散开去，打开了停在周围的宝马、奔驰和QQ们的车门，扬长而去。

一阵孤寂的掌声响起来，不知死活、不会看戏的李磊戏谑着上前，说：“多好一姑娘啊，不爱宝马爱铁驴，多好一姑娘啊，不爱老年爱青年，多好一姑娘啊，我喜欢。”

口吃的唐安，朝着李磊道：“来，来了啊，一起吃个简单饭呗。”

嗯，我突然发现，唐安结巴变轻了，似乎快好了。

05

四年后的某一天，我去了病房，去看看时常去那里住一住的小1爸爸和小1妈妈。

小1妈妈已经颓了，他们还在商量着要不要告诉女儿真相，要不要唤女儿回家服侍他们。

这时候，李磊的妈妈推门而入，她是来约小 1 妈妈跳广场舞的。小 1 妈妈病后最欢乐的时光就是跳舞，可是没个伴儿跳得不起劲啊，小 1 爸爸学了几周后就被小 1 妈妈淘汰了，因为邻居李磊妈妈友好地提出有空的时候就来医院陪邻居跳一跳。

没一会儿，广场舞音乐响起，两个老年妇女翩然起舞。我看呆了，小 1 妈妈很妩媚、很妖娆，小 1 姑娘的魅力像极了她。

如果优雅美丽乐观的小 1 妈妈就此陨落的话，小 1 会不会记恨我没有告诉她真相呢？我好纠结，好犹豫，还没下定决心告诉姑娘她妈妈得的是癌的时候，小 1 姑娘的求助短信再次发来：救我。

李磊找到我说：“今天单位处级干部求职讲演，我不去了，你去北京救小 1 姑娘吧。”

那我就去了。

去了听说了一个励志的正能量故事，顺便看了一场无奈的爱情落幕。

小 1 姑娘所深爱的唐安是一名特别努力上进的青年，小时候学着结巴的同学玩，然后就学会了，再也改不过来了。本来觉得不是什么了不起的大缺陷，直到有一次听了新东方老师的演讲后，他惊讶地发现自己对于讲台有一种异乎常人的痴迷，他想上台，必须上台。

他那么帅，讲台才能驰骋开他的人生。

小 1 姑娘亦因为唐安的这个梦想，跟着兴奋起来，她陪他北漂、睡地下室、骑铁马宝驴、苦练普通话。

唐安的本职慢慢地打开了局面，演讲能力也一天一个台阶地进步着，直到有一天他的口才突然飞跃到被新东方某高层单身女性所赏识，用了不到一个月时间游说，唐安辞了职，打了包，退了租来的房，跟随团队去上海打拼了。

当然，他一并放弃的还有自己的初恋小 1 姑娘。

我去的时候，她拖着行李坐在北京的地铁四号线上，这头儿坐到那头儿，那头儿坐到这头儿，感觉把一辈子的时光都坐尽在这地铁里了。

她说：“一辈子很短，比今天短多了，今天啊，怎么那么长，我看看表，才过一分钟，我忍了很久很久再看看表，才两分钟。”

她睁着美丽有神的大眼睛，抬头问我：“我是不是被抛弃了？”

是的，唐安离开得一点征兆都没有，没有给小 1 姑娘留出重新租房的时间，没有给小 1 姑娘留出接受这场恶意恋爱的准备时间。

我忽然想起几年前在河北的那所普通大学，小 1 姑娘曾经踮起脚尖去亲吻那个负心的青年，那时他们年少，那时我们都年少，可，我们不会永远年少。

小 1 姑娘哭了，她说：“尽管唐安表示，他依然爱我，可是，我想回家……呜呜，我想回家。”

我说：“回吧回吧，回去看看你的妈妈。再说，回家还有李磊，他爱你。”

06

五年后，姑娘依然在北京打拼。只不过，小 1 妈妈已经去了天堂。

只不过，唐安，也就是口吃青年已经在上海闯出了名堂。

妈妈终于开口问我："当年你让我帮忙照顾小1姑娘的妈妈，到底是为啥？"

我说："乡里乡亲的，相互帮忙不应该吗？"

妈妈说："可是，我们不熟。"

是夜，我脑海里一直回荡着这句话，我们不熟，我们不熟，我们不熟。

是的，我，同那个绑着马尾特清纯的姑娘始终不熟，唉……我只是知道，只是推断，有一个叫李磊的邻居爱她。

听说，李磊特意去了上海，去听那一场轰动互联网的上万人争抢着报名的培训会，会上侃侃而谈的讲师，正是唐安。

在后台，曾经的口吃青年被一堆学员团团围住，他充满正能量地说："爱和梦想，永远都是你飞翔的两只翅膀。"

李磊上前，冷冷问他："成功的唐老师，难道，你不觉得你的翅膀断了一只吗？"

唐安错愕间，认出情敌李磊，他没有释然，李磊就阔步离开了。李磊觉得刚刚自己说的那句话，已经很好地为心爱的姑娘做了了断。

剩下的时光，交给他吧，他想用余生给小1姑娘最温暖最充满善意最稳定的爱和陪伴。

07

六年后，小1姑娘从北京辞职回家了，她最终放下了关于北京和唐安的一切执念，决定从头再来。

而我，借着拜年的机会，凑近了她。

小 1 姑娘穿上了过年的新衣，红袄黑裤的她在镜子前转来转去，问我：“那你看，我长发好看还是短发好看？”

我没有回答，反问她：“那你还回不回北京了？”

姑娘笑而不语，替我揭开了一些真相：

当年她在楼道里和李磊第一次见面，就发现李磊妈妈相中她了，她有意无意地透露出有男朋友唐安这个人的存在，想断了李磊的念想。

还有那天，小 1 姑娘透过公司 13 楼的窗户，早就看到了等在那里的李磊，赶紧给唐安打了电话，让唐安陪着演了一出戏，想断了李磊的念想。

小 1 姑娘的妈妈生病了，李磊主动给她填进去十万，小 1 姑娘只字不提还钱，想让李磊怀疑她的人品，想断了李磊的念想。

成功后的唐安离开了小 1 姑娘，可她依然不想回老家县城，选择在北京打拼，也是想断了李磊的念想。

我说：“后来呢，断了吗？”

小 1 姑娘没有说话，转而扑进我的怀里，肤如缎，媚如妖，真好。

我轻轻地合上双臂，抚摸她的秀发，长舒一口气：“嗯，长发好看，长发好看，我，我爱你。”

08

就这样，七年后，我为小 1 姑娘披上了嫁衣。结婚那天，小 1 姑娘头一次对我动了粗，爆了粗口。

她说：“去你妈的青春，去你妈的梦想，都比不过一个暖男让人内心踏实。”

我说：“你不能那样侮辱我们的青春、我们的爱情、我们的七年时光。”

我说：“即使我不是你的爱人，但是，还好，我并没有缺席你的青春，并且，我拥有了你的未来。以后，你的梦想就是我的梦想，想去北京不是，走，蜜月去！”

小1姑娘说：“哪儿也不去，你在哪，家在哪儿。”

嗯，七年，我的妈妈帮着我完美地完成了这场最漫长的告白。

小1姑娘说她懂她的妈妈为何癌这么大的事还得瞒着自家闺女，我说我也懂我的妈妈为何也瞒下了腰椎间盘突出，去陪着我心爱的姑娘的妈妈跳了好长时间的舞。

09

八年后，有个叫饭饭的姑娘采访我，上来就问我：“你叫什么名字？”

我说：“李磊啊。”

不然，你以为呢？

如果有一个人不曾离开，就不算重逢

01

三十多未婚的有很多吧，三十多等在原地的不多了吧。

糯先生告诉我他和前女友复合了，我一点也不惊讶，就仿佛我一直在等这个消息一样，等到他终于等到前女友回头，这个故事才有了感人的模样。

一年前，朋友托我给在上海工作的女儿找对象的时候，我考虑过他，小心地试探了几句，便知道他还在等他的前女友。

“一直不敢想象漂在外地的人的生活，其实就是内心没有安全感，来上海七年了，上海比山东还要亲切了，主要是因为有她。”糯先生是十分儒雅的知识分子，外表看起来比实际年龄大很多。

02

两个人在一起的情节很普通，就是一群人的聚会，他发现了耀眼的她，她也在意了沉默的他。

很多姑娘就是这么奇怪，撇开聚会中那些和自己同频又能唱能喝的男人不理会，单单看上了沉默的他，觉得可以敞开心扉说心事。

散场后，两人来到公园谈心，一个听一个说，一谈就是大半夜。

糯先生觉得自己何德何能得到一个如此靓丽的女子青睐，又是拉呱唠嗑又是撒娇媚眼，没用几分钟就狠狠喜欢上了这个真性情的姑娘。

两人上一次分手的理由也很普通，她任性倔强无理取闹，他迁就宽容将她捧在手心，可是三年之后，她带着他给她的美丽基金和越来越美丽的身体离开了“真的很没意思但是很固执”的糯先生。

糯先生是我的多年好友，偶尔联系，话不多。

他最初和前女友走到一起的时候我是知道的，但是后来分手的时候他就低调了很多，直到有一次我在他的朋友圈看到他去国外旅行发的照片。

没有自拍也没有女朋友，空荡荡的景色，天地一片，美好安静带着点孤单。他配了一条文字：“山好、水好……”

省略号的意思大概是人没有在他身边。

03

后来有一年过年，我们几个相熟的朋友见了一面，大家才知道他已经和唯一的女朋友分手一年多了。

消息密不透风，没人知道。那天，他喝多了，断断续续地讲了一些。

他的前女朋友分手之后不是很顺利，一直也单身，有过几段更短暂的交往，但都无疾而终了，但她过得再不顺利，也没有回头找他。

也许，他们的确是不合适的吧。

他有很强的挣钱能力，却没有她想要的风趣幽默，他能对她好却没有太多时间陪她。

他曾在最后一次挽留的时候问过自己：“抱起砖头就不能抱起她，放下砖头就不能养活她，怎么破？”

前女友狠狠地摇摇头：“这个不是问题，世人都无解的难题我们也不用破，问题在我，我不喜欢你了。对不起。”

于是，糯先生再也没有勉强过前女友，以朋友的身份退回两千米，看着她继续五彩缤纷地生活。

她的朋友圈尽是香水美食一圈儿好友，他的朋友圈是一片空白。

她说得明明白白，一辈子太长，没法因感动而在一起，想找一位性格同频、两人能一起热闹的男人相伴一生。

很快，她就投入了寻找爱人的大军，加入了更多的圈子，认识了更多的人，马不停蹄地开始相亲。

偶尔也会在深夜问他：“为什么找一个对的人，那么那么难？”

糯先生握着手机一言不发，在她酒醉时发来的困惑和疑问统统不回复。他不想给她压力，给她错觉，让她误以为自己还在等她，她就不能够好好地寻找了。

他尊重她对于理想生活的向往。

04

其实，作为朋友，也多少想为他的情感生活帮帮忙。

我就试探着说出来了："朋友的女儿在上海工作，各方面条件都不错，要不我给你们牵线，见见试试？"

很久，微信那端显示"对方正在输入……"然后没了动静，过了一会儿，又是"对方正在输入……"又没了动静。

我猜他在找理由拒绝，还没编到合适的话，然后微信就响了："我还想等等她。"

和我预料的差不多吧，听说一个男人要是动了真情会比女人痴情很多，尤其是一个不会花心的男人。

糯先生就是，朋友这么多年，没传过绯闻，没谈过女朋友，一门心思地搞科学，虽然头脑逻辑清楚，但少了些风趣，很难入女人法眼。

和他同样无趣的女人他又看不上，不喜欢，突然遇上一个能带给他精彩世界的女人，他欲罢不能，他要等她。

他说脑海里那些花花绿绿的世界都不曾离开，四年时光牢牢地刻在脑子里，没有她的生活，很无趣，他要等她。

寥寥几字，没说为什么等，也没说等多久，反正是要等。

看样子，等的意愿很坚决。

05

我其实很怕打探到别人内心的秘密，我总觉得，秘密其实就是软肋，你知道了，别人也就会防着你了。

糯先生对于前女友的痴情，除了动人，还有点与世界的飞速发展不那么相融，我刻意回避了糯先生，不再主动联系他。

然而，前几天，他从我的公众号看到新书上市的消息，要我寄一本签名的给他，扉页上就写他前女友的名字。

我没问为什么，只是问他“最近还好吗”。他说：“老样子，挺好的。”我说：“哦。”然后，他说：“对了，我和前女友复合了。”我说：“哦。”

这个结局是我意料之外的，猜中了他在等她的开头，却没猜中她真的会回来的结局。

四年哎，我用了四年的时光相亲结婚生孩子带孩子，已然进入另一个维度的生活轨道，而我的老朋友糯先生把四年轻轻地揉进一句“我们复合了”。

上海的东方明珠还在那里，陆家嘴的感觉也是老样子，外滩的景色一如从前般美好，这个单纯到透着点点沧桑的老男人也一直守在那里。

挺好的，不是吗？

一个月之后，他那久违了的朋友圈起死回生了，四年前那个时尚漂亮的姑娘依旧十分美丽，只是多了几分气场，多了几分陌生。

我与她本来就不熟，何来陌生。

06

我只是觉得，这世上所有的相遇都是久别重逢，可是久别四年，他们该如何重逢。

糯先生说：“呵呵。我没走，一直跟在她的身后呢，我们不算久别重逢，我们从未分离。”

世事浮沉，我心悠然

Part II / ：

第二部分

姑娘不打烊，青春何来散场

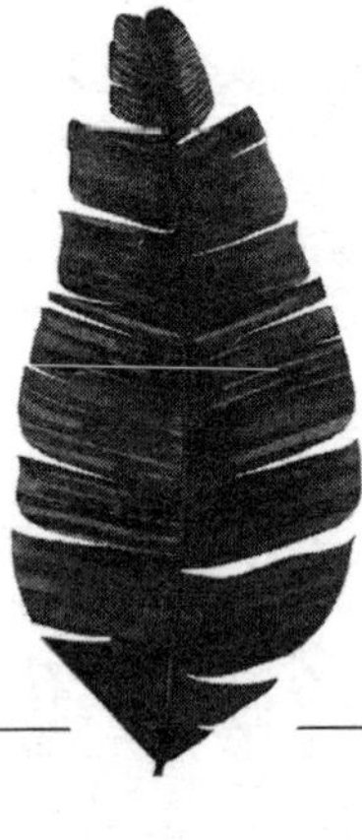

毕业七年

01

毕业七年了，离校那天的情形依然很清晰，像往常一样，娟第一个醒来外出去买四份早餐，其他三个还在熟睡。

等她回来的时候，情景变成了这样：我依然在床上赖着，佳站在桌子的一侧，擦擦这个抹抹那个。娟把四份早餐按约定分配到各自的桌上，倩就安静地坐在椅子上默默看着这一切。

通常我的那份早餐，娟会把餐盒置于热水中给我保温，因为周末我会睡到十点，而那天，她们三个摇着我的床，非让我起床趁热吃。

我们四个背对着背朝向自己的桌子，谁都没有说话，闷头吃饭，吸溜吸溜的热干面声此起彼伏，配上武汉那种格外炎热的气息，让整个寝室笼上了一层压抑的气氛。

不知道谁带头哽咽起来，不一会儿，四个人都抽出了纸巾，擦嘴、擦汗、擦泪。

因为四个人去往不同的方向，我们说好，到点了自己走，不送不抱不说再见。

我是第一个走的，火车赶往青岛。我走时，她们果然像往常一样，没看见我出门一样。娟在转呼啦圈，佳还是无休止地拾掇着，倩目光呆滞地看向地面。

我一个人拎着行李打开门走出去，就像我今天要去实验室和乙二醇打一天交道一样普通。

寝室外通往门口的路上又经过我们寝室的窗户，我没忍住，往那里偷瞄了一眼，只一眼，就看到了齐刷刷扒在窗户上的娟、佳、倩……

她们正挥手和我告别，这一别，五湖四海，这一别，天南地北，这一别，衷肠再难诉。

恐怕，青春，是要散场了。

02

娟随男友去了珠海，从事我们的本专业工作，签在一家五百强的市场部，辗转各城市的各个展会，穿一身笔挺的正装活跃在社交空间，我们都没有失去她的消息。

她的性格属于雷厉风行那种，她善于制造机会、抓住机会，只要是她想办到的事情，几乎没有什么是完不成的。

很快，娟就在他们的市场部崭露头角，既得领导赏识又受同事拥护，年龄不大的她却有大姐大的风范，大事小事领导爱找她挑头干，疑事难事同事爱找她帮忙，只要她能办到，她都笑着应下。

她在学校时就乐于助人，喜欢帮我们买饭、张罗生日，所以我和佳、倩都爱她。后来，她在公司结交了不少闺密，我们都很吃醋。

有一次，娟突然不开心了，因为市场部主管调离，大家都默认娟是最好的接班人，无论能力还是人缘，她都是不二人选。娟也在心里窃喜这个机会来得太突然，决心加把劲争取一下。

刚好手里有一个新的展会项目，娟绞尽脑汁发动全员拿出了绝佳方案，果然，他们公司的布置在会场上鹤立鸡群，吸引了很多人驻足参观。

然而娟从展会处飞回公司等待领赏之时，发现公司空降了一位主管，不知道从哪个部门来的，莫名其妙，年龄比自己小，资历比自己浅，就连舆论都是一边倒地传说他是在那边混不下去了，才来这边当主管。

娟压抑着巨大的不满和惊诧，不动声色地迎接了新主管，笑容满面地带他四处看看，事无巨细地解说当前的工作进展，五味杂陈地给他倒了杯茶就退出去面壁了。

娟问我们："你们说，我是不是傻，我像老妈子一样忙前忙后干吗呀？就好像他来接我的班一样。"

我们笑而不语，都太懂她了，每次她吼着大嗓门告诫我们要早起，不然再也不给我们带早餐了，我们都当耳旁风，因为下一个清晨，她会一如既往地关心我们的温饱。

她曾是我们寝室的总理，日理万机，比谁都忙，想知道佳去哪儿得问她，想知道我几点钟有实验课得问她，就连倩那不规律的“大姨妈”突然来临也得从她包里找“姨妈巾”。

这样的姑娘，值得幸福，毋庸置疑。

她的男朋友下手快狠准，一上学就把她追了去，一毕业就计划着结婚了……以上我所讲述的她的职场故事，均发生在她婚后。

她老公是个搞技术的男人，在我看来闷骚无趣，在她看来超级无敌，她说他们家有她一个话痨、热闹、勤劳就行了，她老公只要乖乖听话，研究出高科技技术为国争光就好。

她老公也很争气，在公司的技术队伍里力拔千钧、举足轻重。

所以最初，要强的娟在面对公司那不公平之举时，心里是极其郁闷的。说好的两个人共同进步，老公这边顺风顺水，她这边怎么就出岔子了呢?

她做过最可笑的事情就是——回家后，厚着脸皮跟老公说自己今天提拔啦，成主管啦。她跟我们坦白说，没办法，之前已经和老公吹过牛皮，说这次提拔是板上钉钉的事了，只能撒谎了。

我们都捏了一把汗，估计像她老公一样木讷的人也识不破她的谎言，怕只怕公司聚餐到时候会被揭穿，家属也不能总是不参加聚餐吧。

然而并没有，娟的老公是技术男，俗称一杯倒，每次聚会到了后面，压根听不到任何人的任何言语，早就昏昏欲睡了，就这样，娟瞒天过海地瞒了十一个月。

他们的女儿就出生了。

那位娟并不待见的主管登门看望她，她习惯的一声“主管”给自己露了底。她脸涨得通红地看向老公，发现老公并没在意主管另有其人这件事儿。

等到半夜十点，女儿睡着，她的闷骚老公这才一把抱住她，说：“我一直都知道的，不要压力太大，有什么事儿我来顶，你开心就好。”

第二天，娟就肿着眼泡出现在视频里，估计是被感动了，然后热泪流了一宿。

她和我们说：“技术男都是老狐狸，他早就知道了，他在我失意的当月就用计往我肚子里塞了个孩子……”

我们纷纷痛骂：“果然阴险，不过，我们都好喜欢！”

娟从来没有当家庭主妇的意向，孩子满百天后便回归工作岗位，这一次，迎接她的是主管的领导的赏识，问她愿不愿意去销售部锻炼一下，那里缺主管……

就这样，娟也成了一个空降的主管，不知道带着什么样的舆论前往一个完全陌生的部门。她这才感觉，从前那委屈叫什么事啊，真是没事找事啊。

新的环境新的兵，娟靠她那套风风火火又如沐春风般的作风，很快就收服了人心，工作越来越顺畅了。

那时候，她每天上班心情好下班看到孩子心情更好，老公也被管教得服服帖帖的，薪水也随着努力水涨船高了。

她和老公拿出了两人毕业这些年的积蓄，在珠海买了套房子，终于有家了。

是的，当年他们是裸婚，娟当初是嫁给爱情的，他们是有了孩子后才有自己的房子的，但他们始终是我们当中最幸福的一对。

至少，在毕业的前几年里，我从来没有听娟抱怨过没有房子，有的只是她经常响彻云霄的爽朗笑声，整个人的状态都是傻子一般的乐观。

所以，我们寝室我最爱她、欣赏她。听说，她老公对她的宠溺更是无人能敌。

还听说，她的二娃出生了。

03

佳是毕业时起点最高的，她凭借着出色的容貌和无敌的情商一开始就签下了总裁助理岗位，一人之下万人之上的公司里，她混得如鱼得水，风生水起。

跟斗摔在陪总裁外出培训那次，她大概觉得平时进他的办公室签送文件、冲倒咖啡、外出给他背个包拿个外套这类事做多了，和总裁多多少少有些熟悉了，防备心放低，在扶着喝多的他进房间时，一时大意，遭遇了潜规则。

佳犹豫了大概十秒，最后眼看着满是酒味的老脸就要贴上来，实在是说服不了自己闭上眼接受，前途啊金钱啊固然重要，可是不违背自己的心意更重要。

她夺路而逃给男同事打电话，那个本来就对她有好感的男人匆忙赶来，青筋暴起，挥着拳头要冲进总裁的房间，被佳拦下了。

离职之后，佳才明白，真正该让她担心的并不是总裁的咸猪手，而是那次事故无休止的后遗症。

她的男同事成了她的男朋友，但是每次都会有意无意地提起自己英雄救美那天，不是邀功不是愤慨，而是转着圈地套话，那天究竟有没有发生什么？你任职一年了，真的是第一次被潜？

佳不堪其扰，不想再费力气解释，离开了本来就是因为孤单寂寞、退而求其次抱团取暖的男友。

她忽然觉得，人生难以预料的事情如此之多，为何不顺着自己的心意走呢？在思考了一周、同涵先生交流几次之后，佳拖着简单的行李去了绍兴，一座北方姑娘并不熟悉的城市。

但那里住着让自己的荷尔蒙牵肠挂肚的涵先生。

上学时她见到涵就满眼放光，我们都知道当佳在路上突然驻足、堆满灿烂笑容上前打招呼的时候，迎面走来的一定是涵。

其他时候，她只管做她的冰美人。

然而涵有女朋友，不在身边，也有自己的事业，常常不出现在校园。他一回学校必定会来找佳，吃饭抑或看电影，就干些男女朋友该干的事，却不越雷池半步，纯粹精神同步。

佳被这种若即若离折磨得苦不堪言，毕业后远走高飞，一年多没有联系涵，直到多年孤傲的性情遭遇潜规则的挑战，在得知涵并没有女友之后，奔赴他处。

同时，佳开始了噩梦一样的求职之路，曾经沧海难为水，待惯了位子高的地方，她开始特不喜欢那些同样是打杂的文秘工作，高不成低不就的她看什么都是鸡肋。

好不容易在一家咨询公司找到了总经理助理一职，当天她就离职了，因为她发现总经理这个男人比原来的总裁还要恶心，眼神明目张胆地猥琐。

那段时间，佳过得极其不顺利。她在我们的群里发问，是不是自己的心理出了问题，怎么看谁脑袋里都会蹦出黄段子，唯独看涵不会，涵看起来那么像坐怀不乱。

娟说，也不是没可能，一朝被蛇咬，十年怕草绳。佳是没经历过什么风雨的姑娘，看似孤傲，其实孤独单纯得很，她也许知道也许不想承认，社会这个大染缸，并不清白，更没有什么清白的人。

最后，她在一位女领导手下谋到了职位，薪水不到原来的三分之一，却满心欢喜，觉得天下太平，无奈女领导锱铢必较、咄咄逼人，佳有些出力不讨好的意思。

而这期间，贯穿始终的涵，不咸不淡地同她吃饭聊天，还有给她介绍男朋友。

漂亮妩媚的佳就是拿不下涵的青睐，两个心知肚明的人坐在餐厅近在咫尺的桌子两侧，像是隔了一个世纪那么远，这一隔就是两年半。

涵工作繁忙，神龙见首不见尾。佳的生活被职场琐事和乱七八糟的追求者包围，忽然有一天，她看到娟的女儿的照片，心底涌出一种渴望，而这渴望是绍兴这座城市给不了她的。

她同涵不告而别，去了南京，决心重新开始。

那时的她，辗转过几个小公司，算是半交往过几个小男人，再回头一望，对当时总裁对她下手那件事的看法，发生了一点点转变。

不就是酒后想试探一下嘛，哪个女秘书不得经历这样的考验，迂回地拒绝一下就过去了，天亮后应该还是井水不犯河水的上下级，那么认真做什么。

释然后，在南京的她过得不那么辛苦了。

而涵开始满世界疯狂地寻找佳，我们都觉得这世界真是可笑，男女间的暧昧真是无理，当时我对你投怀送抱，你故作清高爱答不理，如今我斩断情丝，决意退场，你又踉跄追来，悔不当初，何必呢。

佳不那么认为，她觉得是风水轮流转，终于等来了自己的好时光，全身心地投入了同涵的异地恋中，在朋友圈疯狂晒照秀恩爱。娟说：你看吧，一反常态的事总是好景不长。

涵在她身边周旋了两个月后，便宣布再见，理由是看不见未来。两个同样拿着月薪六千的人在谈一段迟来的异地恋，时光和金钱只有消耗，没有存贮。

佳只记得分手那天，她妈打过来个电话，一个劲儿地絮叨："佳啊，你现在在哪里啊？你多大了？有男朋友没？手里有多少钱啊？"

佳哭了，研究生毕业五年了，她二十九岁了，手里存款不足六位数，去过三座城市，换过七份工作，租过四次房子，唯一听起来可喜的事情就是爱着一个深爱的男人。

而这个男人要离开她了，她似乎第一次明白，涵从来没有认真撩拨过她……

那么，这一次，认真放手吧。

意外的是，分开两个月后，就传来涵结婚的消息，就在绍兴迎娶了一位本地姑娘。

倩在南京，把悲剧告诉我们的时候，我们发现佳已经换了手机号，社交软件不用了，我们再也联系不到她，她从生活中蒸发了。

04

倩就没有那么顺利啦，她本身就是不怎么爱热闹的人，对谁都冷淡，对什么事都仿佛无所谓。

她签了南京一家国企，位置虽然偏僻了点，工作环境苦了点，但看起来她并没有什么抱怨，一副任凭世界变幻莫测我有我心平淡如水的样子。

够境界啊！

奇怪的是，读研究生期间，同居两年，和我发生矛盾最多的，便是这位看起来与世无争的姑娘。

我睡个懒觉她看不惯，我被男生撩拨下她也看不惯，就连我同她约电影买个爆米花嚼一嚼她都得翻个白眼，她的人生逻辑就是认真学习、按时作息、遵守社会规则。

我说她是活在套子里的人。

曾经有男生找我牵线约她的时候，我在心里好生纳闷，如此无趣、没有女人味的姑娘也有人喜欢啊。好在，傻男生听不见我的心里话，照样屁颠屁颠地去追求她。

结局当然很惨，男生被倩无情地喝退：“好好学习天天向上动什么歪心眼。”所以，她就这样孤单一人毕业了，连我这个能 24 小时陪伴她的老友也一下子从她的生活中抽离了。

当年，我还在家待命、没有到单位报到的时候，她就打电话来了，哭哭啼啼，幽幽怨怨，说那是什么鸟不拉屎的破地方啊，她孤单。

我说：“哎呀，怎么孤单了呢？没人睡懒觉惹你烦，没人不肯减肥讨你厌啦，多好啊。”

她生气地挂了电话，足足八个小时没理我呢。

要知道，我们一个在青岛一个在南京，生活没有半点交集，连可以共同呼吸的空气都没有，她还能坚持两三个小时发条短信发个 QQ 找一下我，也真是蛮拼了。

不，也真是够爱我了。

这种情况是慢慢消散的，等有一天我发现傻倩一个月没联系我的时候，毕业已经两年了。

那天我又梦见我在武汉吃坏肚子，需要打三天点滴，我又梦见自己死乞白赖地撒娇扯谎说走不动路，让她背我。她真是寸步不离我左右地陪伴了我三天，去卫生间都是她为我宽衣的……

如今想起来依然“恼羞成怒”啊，我们是有多熟，连厕所你都陪到这个程度。唉，不说了，我想她了。

我曾经和宫先生说过，他不在我身边的日子，全靠这个我自己任命的“男朋友”傻倩来支撑着过活啊。

她竟然一个月没理我了……恋爱了？够呛吧。升职了？不大可能。

我拨通她的电话，这厮说“我上次跟你说的事你考虑得怎么样了？”

我愣神儿了，什么事，怎么一点印象也没有了？

她哧哧地笑："就是小强追我的事嘛。"

我晕，这么大的事我确定自己是不会记不清或者忘记的，肯定是她没告诉我，她竟然连告诉没告诉我这事也糊涂了，说明什么？说明这个傻强有戏啊！

我说："我知道了，你喜欢他。"

她说："可是，可是他……"

我知道后面要跟着一箩筐傻强的缺点，但我回绝了她，说："我还不了解你吗？！"

真的，我从来没见过她的娇羞状，亦从来没听过她的撒娇声，就是那种和一个同性转述一个异性的时候都下意识用的撒娇……哎呀妈呀，不是爱上是什么。

半年后，人家结婚了，当然她中间纠结过数次，两人是一个公司的，他是南京本地的，家境不错……等等，最后，她以罕见的笃定嫁给了傻强，羡杀旁人。

原来每个姑娘都是有女人味儿的，只是遇对了人，这味道才会释放出来。

女人们分头幸福的时候，是不需要闺密的，我就自行撤退了。

没想到后来，她打给我的电话，一个比一个传奇，让我不由得羡慕嫉妒恨，并且数次告诫自己，以后千万不能乱下结论，说她是最不平淡的那一个。

她是国企里为数不多的高学历，又认真得无人能敌，老大甚是喜欢她的不张扬作风，让她破格连跳三级，月薪让人惊叹。

老公又闲不住，股票基金瞎折腾，竟然在熊市里挣得一笔。倩生孩子那天，老公把股市里的钱都取出来创业去了，理由是不能从小影响孩子投机取巧啊。

接着，倩又凭借公司在南京的影响力，加之自己端正的价值观，从地区人大代表一步步票选过去成了全省人大代表，竟然快成了一颗政界明星！

倩是个传奇，她用与世无争的处世哲学，和正直善良的为人原则，积累到了人生的情感、金钱和仕途。

平凡而淡定的她，走得最远是不无道理的。

我最遗憾的是，毕业这些年，为生计抱头猛蹿，丢弃了那么多同她说悄悄话的时间，等她的大腿粗壮起来，我却再也抱不到了。

我又听见她在骂我了：虚荣！

05

婚姻尚有个七年之痒呢，那人生呢，有没有痒，青春呢，怕是已经到麻木的尽头了吧。

大学同学要搞聚会，我跑去问我的痒痒肉宫先生去不去，他反问我，可以带家属吗？可以带就去。

我说："你去干吗，你都不认识。"

他假装漫不经心地说："你们寝室不是有一大美女吗？我们都还没见过。"

我说：“滚，大学同学聚会，不是研究生同学！见不到她，再说你见她干吗，滚！”

骂跑了痒痒肉，我才想起来，自从佳失恋后谁也没再联系上她。

娟的事业进入平稳期，两个孩子一左一右，简直人生赢家。倩也从我们当中胜出，美满幸福得很，而我们的大美人佳此时在何方，又在干吗？

我们都很牵挂她。

毕业七年了，我们当中并没有谁大富大贵、大红大紫，有的还装满纯真的心，在与梦想赛跑。

虽然聪慧如我，知晓我永远也跑不过梦想，跑不过我想要的生活，但此时我还是不想停下来。

对于我们各自平凡的现状，娟是这样对我们进行自我安慰的：“按照概率来讲，这也是正常的吧，毕竟我们寝室只有四个人，如果寝室里有四万人，还没有一个富豪或是明星是不是就说不过去了？”

不承想，还真是出了一个明星，是不是我们撞了大运？

某天，款姐倩从微博里捧出网红一枚，说自己刚从她那里团购了一笔记本，让我们睁大眼睛，仔细辨认，这个网红身上有没有佳的影子或者烙印。倩说，第一次买两箱“姨妈巾”时就觉得这女子倔强的眼神似曾相识啊。

声大的娟用近乎发狂的声音狂吼：“就是佳，原来她跑去整容了。”

佳终于在我们的千呼万唤中扭扭捏捏地出来了，她还像我们研究生入学那天一样，自带星光闪耀。

她穿着一身白色连衣裙，穿过浩瀚星辰，越过千山万水，来到我们简陋的寝室，微笑一出，娟和倩就惊呼：“天哪，来一美女。”

而我，作为寝室第二美的姑娘，无论如何也忘不了当天我内心关于美的震撼和羡慕嫉妒，狠狠地恨，为什么单单和我同寝室？一室岂容俩美女，所以，同居两年，佳是和我最疏远的姑娘。

我在疯狂羡慕着她俊俏妩媚的外形，同时，为弥补自己的不足，也在疯狂训练着自己的文笔。我同宫先生讲过，颜值不够才华来凑是女人最锋利的武器。

我以为我赢了，你看，我识得宫先生，生得好儿子，还有一项热爱到完全停不下来的爱好所在。

可是，佳遭遇人生困境再次披着星光出场的时候，我的心先是剧烈地疼痛，这可怜的姑娘，在爱情的路上是有多少磨难啊，然后又是巨大的欣喜，真好，佳最终还是那个星光闪耀的姑娘。

绕过这七年的遥远征途，我看到自己的内心捧出三个字：我爱她。

即使避免不了内心那些幼稚的比较、攀比和嫉妒，但是同居时那些斑斑驳驳的青春时光透过岁月再重新拾捡起来的时候，我发现没有什么比她递给我的花露水更香，没有什么比她替我擦拭过的桌面更清澈，没有什么比我们手牵手走过的青春更昂贵。

娟质问她：“去韩国了？你为什么这么自私？你为什么一个人去，不带上我们？！”

佳精致的妆容让视频对面的她显得异常高贵，她给出了一个最有说服力的答案。

“躲起来是我故意的，我想看看自己到底能撑多久。”

涵的突然结婚，几乎击溃了她所有的自信、自尊和信仰，她不懂，自己该是多么失败，用尽青春的所有力气，换一场抱憾终生。

她沉寂痛苦一段时间后，回武汉、宁波、绍兴、济南重走了一遍青春路，自拍发游记写心得，迅速在微博上积累起粉丝，从此便一发不可收拾地走上了网红之路，重新找回美丽自信的自己，打破了概率论。

虽不是真的明星，但成为一位赚钱养家能力超凡的网红也是很不容易啊。

是呀，人生没有什么过不去，就像，没有什么不可能。

06

而我自己，还在迷茫，还在试错，还在追求，我是芸芸毕业生中的一位，我不知道未来会如何，也会时常缅怀过去，想念那时候的武大：

蓝天、白云、T恤、牛仔和最美的樱花。

我想我们再也回不去了……青春，到底是个概念还是段时光，我不知道，或者它既不是概念也不是时光。

它根本就是一幅图画，图画里有各种各样的姑娘，像风景一样铺展开各自的人生，偶尔点上两个男生的影子点缀。

嗯，在我的这幅图里，曾画过美丽的佳、能干的娟、从容的倩，还有努力的我自己。

我们其实都没有变，身上都还贴满普通平凡这样的标签，我们又都变了，从容、坚强都已经刻入我们的骨子里。

可青春不就是这样嘛，给你一切可能，让你尝试、失败、重来，然后再出发，又给你无限力量，让你在以后的漫漫长路中，都有一种错觉，仿佛青春一直都在，就像一直不曾失去舍友们的消息一样。

你们不老，我怎敢奔去中年。

天空有候鸟飞过，身边有年轻稚嫩青春飞扬的女孩子走过，我们寝室一行四个人，牵着老公和孩子，一脚一步坦然地走在人生路上……

佳妖娆的秀发一挥，在微博上甩出一句经典：三十未婚又如何，姑娘我不说打烊，青春你何来散场。

你走以后我挺好的

四年后一个暖洋洋的周末，我醒来，看到大宋在厨房里给我忙活早餐，哑然失笑。

嗯，他宽厚的身影，很雄伟，少了点挺拔，很肥圆，少了些肌肉。

可世间故事就是这么正好。

他身上看似多余的肉，正好填满我曾经被另外一个男人撕裂过的心房。

肉和肉不曾排异过，竟然慢慢地长到一起了。

原来，那么痛的过往也可以烟消，那么浓的初恋也可以云散，那么萎缩的心也已经重新丰盈起来。

01

当年，文章和白百何的《失恋 33 天》火遍大江南北。

我和初恋王铮连刷三场。

第一场是因为好奇，第二场是因为回味无穷，第三场是因为我俩对剧中牵扯的爱情观产生了巨大的分歧。

他觉得白百何饰演的“黄小仙儿”是个难以取悦的姑娘，不适合恋爱和结婚。

而我觉得精神需求量大的姑娘恰恰是特别会爱、懂付出、不物质的好姑娘。

换言之,同她们谈恋爱,才会知道“浓烈而纯粹”的爱情是什么滋味。

走出影院，我俩还是难以说服对方，气氛十分紧张。

据说当时我为争论立场，恼羞成怒，脸红脖子粗。

当时王铮无奈地笑笑，摊摊手，说了一段让我至今都难以忘怀的话：

“你之所以这么在乎这场争论，是因为你和‘黄小仙儿’很像，你们把尊严看得比什么都重，你们仰着高贵的头，等着男人们示爱、讨好，甚至跪舔……你们说‘看啊，我不需要你的包，你给我爱情就好’，但你的爱情要管够、管饱、管随叫随到，你们觉得精神财富高人一等贵人一截。

“可是，你们太把自己当回事儿了，你们的所谓自尊端得有点过头了。”

我愣住了，虽然意思就是那么个意思，但是听起来怎么让人如此难过？

王铮你不够懂我，你也误会了你自己。

你才没有示爱、讨好和跪舔。

那个人，是我。

我感觉自己上一秒准备的满腹措辞涌到口腔变成一嘴的尖刀。

想吐出来，怕惹出他更多听起来很有道理却很伤人的话。

想咽下去，又怕自己的脾脏胃肾被戳碎到千疮百孔。

我和“黄小仙儿”是有点像，却是不一样的。

她自尊，但尖酸刻薄。

她会把刀子从嘴里尖锐地刺出来，把男友逼退，最后跟闺密跑了。

我自尊，但温润隐忍。

我把刀子生生地吞了下去。

既然王铮这么说了，那么我就有则改之无则加勉吧，因为，我还想和他好好在一起。

愣过之后，我问他：“那你是我的王小贱吗？”

他也愣了，继而说：“我只能说，王小贱，不常见。”

谁不知道呢，王小贱只会在书里、电影里，以一种点赞超多但不切实际的男主形象出现。

道理都懂，但我还是想要你那一句善意的谎言。

我要的是，你看着我充满期待的眼神，无比坚定地告诉我：我是你的王小贱，在你需要我的时候，无底线地充当你的小喽啰。

他讲原则，不肯说假话，哪怕是为了哄我。

即便如此，我也只是低落了一秒钟，又兴高采烈地同他乘上了回家的地铁。

王铮是我的高中同学，我们理科班的班长兼那年的高考第一名，理性智慧而充满个性的人，常常让我为他身上的昂扬斗志神魂颠倒。

缺那么一点浪漫和让步又算什么呢。

毕竟，我可以让步啊。

我要继续留在他身边，同他的未来连在一起，目标这么明确，要什么手表和自行车呢，要什么爱和懂得呢。

就算他是世界上最木讷最不解风情的男人，我依旧热爱他，依旧热爱同他在一起时的我自己。

02

他那么骄傲，我就不能骄傲了。

他那么自尊，我便不能自尊了。

他时常会纠结：“我们两只冷傲的刺猬是如何走在一起的？”

我笑着说：“你才是刺猬，我是坨海绵，早晚会把你身上的刺一根根地拔掉。”

他会说：“可是那并不是你本来的样子啊，看你为了爱我委曲求全的样子，我也不忍心不好受啊。”

是真的，这是从初恋王铮嘴里说出的唯一一句那么像是关于“爱我”的话。

后来，我把这句话，找了个小本本一遍一遍地抄写。

王铮工作不顺情绪低落的时候，我说话他嫌吵，我沉默他嫌闷，我心里难过得无以复加，会去翻翻本子，写一写。

王铮突然开心撇下我一个人和朋友去通宵唱 K 玩乐的时候，我压抑着内心的巨大失落，翻开本子，写一写。

我是在找一种形式，来暗示自己，我爱的他也很在乎我。

当爱一个人爱到尘埃里，总有时候，让你感觉左也不是右也不是，束手无策，就连沉默都是尴尬的。

可是就算这样卑微，心灵依然会触礁，会猝不及防地受伤。

那天，我和王铮正聊着天，他突然问我：

“我有一个朋友，和他女朋友处了三年，他们感情很好，很好，我知道的，他们真的很好。他突然喜欢上别人了，他问我该怎么办，你说他该怎么办？”

我愣了愣，说：“这真的是个难题呢，我得好好想一想。”

我慌张地带上小本本，狼狈地跑了出去。

听说过那么多个“我有一个朋友”的故事，再笨也知道他那个朋友是谁吧。

一瓶瓶的啤酒摆在身后，我把自己的委屈和震怒都含在嘴里，一口一口咽了下去。

我骗了自己那么久，我不是海绵，软不掉王铮身上所有的刺。

我也是刺猬，只不过我的刺统统指向了自己，别人一推它们跟着动，全都狠狠地刺向了自己。

只是，这一次，特别疼。

好巧啊，那个小本本竟然写完了最后一页。

我合上封面，一颗硕大的泪毫无征兆地落在了上面。

一滴、两滴、三四五六七八九十……我终于抑制不住哽咽起来。

我想起了那天——

他说“看你为了爱我委曲求全的样子，我也不忍心不好受啊”也是这么严肃、这么一本正经。

我也想起了那天——

我听完他的话，开心地领过他的恩宠，背过他，不敢看他的眼睛，很倔强地回复：“没有啊，这不是委曲求全，能爱你就是我最开心的样子。”

可是，“黄小仙儿”说过，无论如何，要和自己可怜的自尊如影随形。

在王铮坦白喜欢上别人的时刻，我终于下定决心。

离开他，离开一个我深爱着他、他却不怎么爱我的初恋。

03

大宋就是那时候出现在我的生活中的。

他扶起了马路牙子上酩酊大醉的我，对我说："你以为的你自己，你以为的王铮，你以为的爱情价值观，都是你这辈子最不自知的错误。"

我其实是听不懂的。

我其实也什么都不记得了，只记得自己借着酒醉，狠命地揪着我曾经认为那么不靠谱的文艺男青年的一头蓄发。

我第一次对待男性如此任性、放肆和无畏。

因为我不怕啊，大宋不是王铮，我不在乎他。

我不怕他看到我的无理而离开我，也不怕并不完美的自己被大宋识破，因为大宋也并不完美。

大宋痛苦的啊啊啊声还在耳边回响时，天色透亮，一轮红日跳出地平线。

我睁开蒙眬的双眼，看到扎着辫子的大宋在厨房里乒乒乓乓地切菜，庞大的身体把厨房门挡了个严严实实。

我撇撇嘴，闭上眼睛，却闻到了大宋被子上阳光的味道。

04

王铮并没有告诉我，他的那个朋友是怎么处理"移情别恋"事宜的。

我拖着行李离开了自己苦心经营了三年的家。

身后，王铮在苦苦地追问着为什么为什么。

我只留过一次短信：你不是说过吗，我这种“黄小仙儿”一样的姑娘，太难以取悦，太过了，太不适合恋爱和结婚了。

对不起，我和她一样，带着仅有的自尊离开了。

我没有戳穿他，聪明如我，一下子就猜到了他的那个朋友到底是谁，也没有花时间计较是谁买的沙发、谁购的冰箱、谁出的生活费。

尽管，王铮要打给我一笔钱，弥补一下欠我的幸福、欠我的 LV。

可是，我不要，因为你不欠我爱。

和你在一起的那些时光，我欢天喜地过，并不后悔。

05

离开他之后，我过得并不好。

大宋短暂收留了我，他说他可以为我做早餐接我下班，但抱歉他给不了我爱。

他让我自己想办法振作起来，重新上路，会有更好的人发现我。

大宋知道我在武汉待过，学会了做孜然土豆块和麻辣小龙虾，桌子上还经常出现好吃的鸭脖子。

我变得不爱社交，除了沉默便是吃，腰上、肚子上的肉圈越来越厚，胸和臀越发不见了。

大宋丢给我的菜谱也有一摞，我负责点，他负责做。

他笑着说：“我可以去做厨师了，你可以去做品尝师了。”

我胖了，他更胖了，一起生活的痕迹，让两个人也有了一点点相像。

经常，我窝在大宋的单人床上，看他没日没夜地写编码。

看他的胡须在无数个夜里野蛮生长，然后又在清晨被处理得片甲不留。

就像我对王铮的爱在无数个夜里翻滚沸腾，然后又在清晨被阳光熄灭到不剩一点痕迹。

大宋说：“你这样的逻辑不对。”

我左手理着蓬乱不堪的头发，右手刷着牙，赤着脚站在他面前，看着他，不说话，等着听他解释他的逻辑。

大宋说：“胡须是我身体的一部分，丢了生，生了丢。而你对王铮的爱，是记忆的一部分，丢了回来，回来再丢，却不会再生。”

大宋顿了顿，说：“我等你把它们全部丢掉。”

我嘴里的牙膏沫随着惊讶，一蹦一跳地流进我的喉咙，灌进心脏，我的心底传来了久违的喜悦和激动。

而那之后，我住在大宋家里整整有半年。

06

大宋说是时候搬个新家了，新房子已经租好。

我俩麻利儿地打了各种包，在漆黑的夜里，依偎在一起看窗外的灯火。

大宋摸摸我的头发：“你想好了吗？能爱上我吗？”

我说：“大宋，你的长发能剪掉吗？”

大宋说：“能啊。”

我说：“我也能啊。”

我抬起手，在黑暗中摸索他的下巴，心想，这一夜，他的胡须又会以我想不到的速度生长起来吧。

就像，我对大宋的依赖不知道在何时，已经悄无声息地蔓延过我的心房。

第二天清晨，我们开开心心地去买了双人床，搬到了新家。

最好的失恋，就是你连逞强一起失去。

最好的新欢，莫过于他连依赖一起带来。

07

《失恋 33 天》竟然也有纪念日。

那年 11 月 11 日，微博热搜第一位的就是——“去年陪你看《失恋 33 天》的人，现在怎么样了？”

有人说分手了，有人说结婚了，有人说劈腿了，也有人说死了。

那我该怎么回答，失踪了？

从那个曾经的家搬出来后，因了那可怜的自尊，我竟然真的再也没有回头过。

我不知道王铮怎么样了，工作顺利吗，新欢够好吗？

甚至我都忘记回过头去看自己了。

突然想起自己放进衣箱底层的那一个小本本来。

我找到它，看着皱皱巴巴被泪水打湿过的封面，轻轻摇摇头，为当时的较真儿而叹息。

翻看里面各种笔迹的那句话“看你为了爱我委曲求全的样子，我也不忍心不好受啊”。

身上像爬过无数蚂蚁那般不自在。

年轻的时候，以为那个博学多才、风流倜傥的帅哥就是世界，就是爱情的图腾，就是爱情的恩赐，俯下身低下头收起全身的脾气去爱别人。

后来才知道，不对等的爱从来就不是爱。

大宋说：“你越在乎就越怕失去，你越怕失去，它就一定会失去。”

现在，我觉得大宋说得挺对的。

我拿来微博的段子问大宋：“陪你看《失恋 33 天》的人如今怎么样了？”

大宋依旧在无休止地写着程序编码，说：“现在是我女朋友了。”

我从床上惊讶地跳起来：“什么意思？”

大宋扭过头，做一鬼脸说：“放心啦，老同学，我并没有埋伏在你身边，那场电影是偶遇。出场时，我听到了熟悉的你的声音，就躲在暗处，听完了你和王铮的争论，才对你有了一点点兴趣的。”

大宋也是我的高中同学，毕业后各自散落在天涯。

如果没有那次王铮的坦白，没有失控的我醉倒在马路牙子上，大概我们此生都不会有交集。

大宋摇摇头说：“会有交集的。如果你和王铮不分手，我会以老同学的身份，出现在你们俩面前，一直埋伏着，直到你幸福。”

我看着剪去长发清秀了些却依然肥圆的大宋，开心地笑了。

我终于学会了放松自己，没有去猜测大宋说的是真是假。

他是从电影院的偶遇那天开始喜欢我的，还是从我借住他家之后开始喜欢我的，都不重要了。

重要的是，他肯为我讲一句甜蜜的谎言：

“你看，我一直徘徊在你身边，等待你的召唤。”

我忽然觉得电影里的情节就是来源于生活，我那么像“黄小仙儿”，而世界上也真的有独一无二的属于我自己的“王小贱”。

你也有你的“王小贱”，他不一定是你的初恋，也不一定是你的现任。

但他一定在，在你需要的时候，默默地出现，悄悄地让你沦陷，然后告诉你说，我一直埋伏在你身边。

要记得，你够振作，新欢就够好。

我对大宋说：“你的埋伏是我听过的最美的情话。现在你解放了，有什么大爱深爱，放马过来吧。”

我在那本皱巴本子的背面写上：离开你以后，我挺好的。

然后将其丢进了垃圾桶，和当时倔强的自己告别了。

08

我全身心地投入到了同大宋的恋情中。

同时，厚着脸皮再一次规划起关于未来、关于幸福的蓝图。

没了后顾之忧，我升了职，加了薪。

而大宋也开始在他的行业里小有名气。

日子波澜不惊，幸福细水长流。

大宋对我说："我可以给你做早饭，接你下班，给你爱，但工作的事我的确帮不了你。毕竟你是追潮流贴热点的时尚编辑，而我是穿裤衩的 IT 男。"

我说:"麻烦你去照照镜子,侮辱你自己可以,不能侮辱我的审美。"

大宋乖乖地看一眼镜子，默默地提起包上班去了。

我看着他的背影,见他穿着我为他配的暗竖条纹衬衣,简单的西裤,肥圆的他生出一分曲线帅，心里温暖涌动。

是彼此在乎，让他变得更好，也让我变得更洒脱。

我们融入了彼此的生活，默契到难分你我。

一天，大宋送我一个价值不菲的包，拜托我一定要收下。

其实不用拜托，我已经变了，不再那么强调精神神圣、物质低俗，不较真儿，也很随和。

我开心地搂着大宋的脖子，说："乖，把包退了，准备准备，我们该买房子了。"

大宋用力地抱住了我："乖，我们有房子，这不是租的，这是我用在你身边埋伏时花不出去的钱，买的。"

我用力地推开他，暴跳如雷：“那你为什么不告诉我？！”

大宋认真严肃地说：“我懂你的自尊，爱你的自尊，懂你难以取悦的精神世界。我是想用行动告诉你，我有能力给你面包，也愿意花心思取悦你……”

我啥都没听进去，只想着，赚大发了。

我想起了和王铮的那场争论：“你们这样的姑娘……不要包不要钱，把取悦自己当成爱情，自尊是不是端得有点过了？”

全是扯淡。

感谢你当年的不肯取悦之恩，让我撞上大运遇见大宋。

恍惚间，我看到眼前大脸上的胡须瞬间疯狂地蔓延开来，长成一束束藤蔓，将我一点一点地紧紧包围进去……

已然彻底沦陷。

那一刻，惊讶和惊喜的眼泪肆意地奔流。

感谢命运，赐予我一份如此完整的爱，唯愿从此以后，我与大宋平淡相守。

那一天，距离《失恋33天》的上映，整整三年。

09

时针走得好快。

四年后，一个暖洋洋的周末，我醒来，看到大宋在厨房里给我忙活早餐，哑然失笑。

也许认识大宋久了，手拉手、背靠背、心暖心，真的感觉很好呢。

我在青春年华的尾巴上幸运地拥有了一位如此默契的伴侣，何其珍贵呢。

那么懒的我，睡不下去了，倚在厨房门口，看他专心致志地摆弄早餐，丝毫没有察觉我的存在。

我看到他偷偷地把戒指埋到了鸡蛋饼里。

啊哦。

我悄悄地退到卫生间，紧张地洗脸，慌乱地化妆。

虽然他的计划我已猜透，可是，我看到他埋戒指的手在抖，我的心竟然也在抖。

我深吸几口气，镇定镇定，不要慌，你可以的。

你还有时间化一个精致的妆，美美地坐在餐桌前，赶在吃鸡蛋饼“惊喜”地发现戒指之前，羞涩地和大宋说一件事：

“找个时间，把证领了吧。”

她离婚了

三年前的某个普通中午，香香摆弄着手机低头走进阳光百货的大门，打算给照照选新款的手包，他这个周末过生日。

熟悉而亲切的笑声响起来却又戛然而止，香香高兴地抬起头，说了句：“老……”

“公”字还没有出口呢，便两腿瘫软到要倒下了，因为香香看到照照的手牵着另一个女子，年轻时尚，还比她漂亮。

是照照先看到的香香，所以突然中止笑声，却引起了她的注意。他松开那个女人的手，脸上一片惊慌，嘴里喃喃说：“老婆……”

香香的眼泪瞬间喷薄而出，迷茫而无措地看着玻璃对面，她深爱的丈夫，就在昨天，还深情地表白说：“为什么爱你仍然像在热恋？”

阳光百货旋转门上的透明玻璃上有一片片的手掌印，仿佛路人一双双无形的手，正无理、强行、霸道地把香香和她的丈夫推开……

就这样，没有一点征兆和半点蛛丝马迹，她离婚了。

三岁的儿子跟在她的身后，他们俩拖拉着大小箱子离开了香香生活了六年、儿子生活了三年的家。

香香在前面沉默着，儿子在后面欢歌笑语地打闹着，仿佛他们是要向儿童游乐园出发。

小男孩根本不知道他赖以生存的家庭发生了毁灭性的变故，根本不能体会他那热爱生活的母亲被伤害击溃后的万念俱灰之情。

尽管照照是过错方，但香香和儿子是净身出户的，照照不同意离婚，除非香香不要房子。他觉得香香一个没有工作的女人是没办法走远的，早晚还会带着原谅重新回到这个房子里。

香香在内心苦笑了一夜，他太不理解她了，她的精神洁癖发作起来连她自己都汗颜。

是的，香香租了一个很小的一居室，走上了找工作的路，无论能不能养活自己和儿子，这条路她必须独自走下去，不容回头。

的确，身边有不少人劝她忍忍算了，花花世界诱惑太多，哪个男人不偷吃，何况他还知错就改，深刻忏悔过。

香香摇摇头。

离婚后，香香的胃口倒比以前好很多。

之前生儿子的时候，家里的人安排不过来，她又不放心把孩子交给保姆，索性辞职做起了家庭主妇。

两年来，闲不住的她在家里捣鼓美食，学会了各种各样的菜式。

那时候，晚饭时，丈夫几乎会推掉所有应酬，雷打不动地出现在餐桌前，一边流口水，一边夸她，她就傻傻地沉浸在他的甜言蜜语里，几乎与外界隔绝。

她离家以后最开始的那段日子，一度心如死灰，没法做饭，直到儿子饿得哇哇大哭，香香才会把儿子背到身后，给他做一个煎鸡蛋吃。

可是，不够啊，儿子哭喊着，要蛋蛋要蛋蛋。可怜的儿子，离开他爸爸的经济支援，妈妈竟然再也没有能力带他去饭店、带他去动物园。

前夫给的抚养费刚好全部缴了房租，难以想象一个没有工作的女人带着一个嗷嗷待哺的孩子如何畅想未来。

他们娘儿俩什么时候沦落到靠姥姥的救济和帮助才得以体面地生活的？大概就是从香香面试十次未果开始的吧。

是的，当他们没有钱，没有依靠，甚至没有稳定的家，香香狠狠心想把孩子交给保姆自己出去赚钱的时候，却发现离开职场太久，即使遇到一两家肯收留她的公司，他们开出的工资也远远不够支付保姆费用的。

这一条路又被堵死了。

那时候，香香才是真的欲哭无泪，难道她这一步走错了吗？或许原谅男人的偶尔出轨才是一个家庭主妇的无奈选择？

很多个困难无助的时刻，在她走投无路浑身疲惫的时候，她都会想起离婚当天，那个不懂事的儿子在她身边欢笑的声音。

他什么也不知道，什么也不在乎，他就知道快乐地出发，不怕什么前途未知、前路险恶。

而她，作为一个受过大学教育的倔强女性，仍然异想天开地想给他最好的生活。

香香背着儿子穿梭在城市的街巷之中，寂寞和无助一次次地击打过来。

她安慰自己说："还好，我是健康的，我是年轻的，我还有机会，我不怕吃苦，也不怕单身，我只怕耽误了儿子。"

最可怕的是，即使他们吃最糟的饭菜，香香依然把自己吃成了胖子。

在喝口水都长肉的日子里，大夫说她得了一种可怕的疾病。

别人是因为压力大而瘦弱，香香则是因为压力大而肥胖，她惶恐不已。

香香妈妈的一句话点醒了她："孩子，你没工作的这两年，练就一身厨艺，真是害了你。你这样胖下去，再找对象也不好找啊。"

香香忽然懂了，她不是一无所有，她还有厨艺，精湛的厨艺，很多尝过她手艺的人都曾赞不绝口。

她没想过要找什么对象，她只想靠自己，让她和儿子有尊严地生活。

网友喷喷说：“好巧，我是个品尝师，或许我们可以合作？”

她将信将疑，写下了第一份食谱传给喷喷，喷喷说，我试了，很好，你可以写下一个了。

接下来的日子，香香把一个又一个食谱传给喷喷，喷喷说：“香香，我不能这么一直免费吃你的东西呀，你这是祖传的吧，我不值得你这样信任我。”

香香在屏幕这端哈哈大笑，笑完后又流下泪来，对方这是在婉言拒绝我吧……他一定觉得她这样一个拖家带口的女胖子没救了，除了吃还是吃。

她在键盘上敲下一行字：“行吧，反正本来就不认识，什么品尝师不品尝师的，还不都是哄人的，从此以后，我们各自安好吧。”

其实，喷喷不完全是网友，香香是知道他的，他是香香以前一个女性闺密的同班同学。

闺密总是和香香说起他：“这个人是个愤青，无论什么事，总是能激怒他破口大骂，像条疯狗一样，但他以为自己很正义。”

闺密还让香香去他的空间看证据，一条一条的个性签名不是骂老板就是骂路人，总之，除了他都是神经病。

之前，他加香香的 QQ 第一句话就说：“干吗总是踩我空间，看你空间貌似已经结婚生娃了，可不能开小差。”

香香没理他。

香香很快便遗忘了这段思想小差，开始尝试在朋友圈卖自己的烘焙产品，她选择了一个市场相对较大的美食突破点，开始一个人创业。

然而从零开始太难了，半个月家里的蛋糕面点做到成山，却不出一单。

她利用业余时间跑遍周围的店铺，通过交朋友聊天的方式，或者买卖的方式，买来一堆这个店那个店的会员电话，一个个手动添加微信。

转化率还不到百分之十，但她十分开心，微信好友五千个，她的目标是加满之前，实现第一单。

第一单就这么来了，很快也很意外。

当她带着一盒子蛋挞出现在那个姑娘家门外的时候，看到姑娘挑衅而不屑的目光，难过得想死的心都有了。那是情敌发出的嘲笑，如闪电霹雳般击中她好不容易重新建立起来的平和心态。

姑娘说："你别忙活了，没人会吃你做的东西，我买了，也只是扔掉。"姑娘当着她的面把一盒还冒着热气的蛋挞扔进垃圾桶，摊摊手，做无奈状。

香香拖着刚刚还兴冲冲上楼此刻却比铅还重的双腿，踉跄下楼，跑到一个人少的广场，无声放肆地汩汩流干了眼泪。

那一个下午，是她至今都难以释怀的时间。一个女人最悲哀的事情，不是被另外的人抢走了丈夫，而是被那个自己所深深鄙视的人鄙视了。

太痛苦了，她没法回家哭，孩子不懂，妈妈不理解，她把前段时间积攒的怨气用一个下午的泪水释放干净了。

她说："在广场卫生间洗的那把脸，太清晰了，我清晰地记得，自己内心传来好有力量的一句话：这一场失败，始于婚姻，也终于婚姻吧。我立志要把自己的朋友圈做起来。"

喷喷还是那个愤青，但角度仿佛变了，他开始喷自己，老说自己不够好。

香香偶尔会关注到他的更新，但两人不会再有交流，被第一段婚姻吓怕了，她不想和任何人再有继续暧昧下去的可能。

这时候，她和喷喷的共同好友——闺密出现了，她大口吃着香香的蛋糕，提出了很多中肯的意见，比如蛋糕做得实在是太好吃了，但是卖相需要更精致一些。

香香买来了专业相机，学习了摄影入门课程，开始研究把蛋糕拍得更美观一些，订单慢慢多了起来。

后来，她又灵机一动，根据儿子的口味，调整出按岁数提供的烘焙食谱，在他们小区几乎是一炮而红，紧接着一传十、十传百……

香香买上了车开始送货，一年之后，慕名前来学习的姑娘增加了，她又开了自己的烘焙培训班，带领很多失业在家或者全职妈妈走上了经济独立的道路。

也算是事业小有成就了吧。

微信朋友圈卖蛋糕，香香属于头一拨敢吃螃蟹的人，做大做好也有机会成本在里面，但她似乎时刻都有危机感。

她说："背后突然来一刀的滋味，尝一次就够了，以后所有的事，我都会想好后路。"

她和闺密商量着在街上开一家甜品店，顺便加上自己的蛋糕，闺密说她知道一个合适的合作人选，那就是品尝师喷喷。

香香不屑，什么品尝师，是差评师吧。

闺密说："人都是会变的，你经历了打击开始蜕变，喷喷则经历了日久生情而开始蜕变。说白了，我这两年陆陆续续给你提供的建议和方案，全出自喷喷之手，并且他让保密。"

香香说得好好谢谢喷喷，但抱歉，自己对他无感，只是朋友而已。

儿子上幼儿园大班了，上烘焙兴趣课时，他端着妈妈做的漂亮又好吃的蛋糕在课堂上展览，小伙伴们纷纷被他吸引了，围绕在他身边叽叽喳喳。

儿子获得了极大的满足感，回家搂着香香亲个不停，并提出叫上喷叔叔一起去趟动物园，毕竟，自从离开那个家之后，他们再也没去过动物园。

命运有时候让你措手不及，有时候也让你痛快不已。香香后来过得很好之后，无数次地期待着前夫和自己的重逢，想象着会是什么样子。

结果，那一天在动物园，前夫牵着那个曾经羞辱过她的姑娘抱着一个小一点的孩子也在。

尴尬的时刻,喷喷有些无措,香香却微笑着招呼儿子喊了声爸爸后，就带着他和喷喷赶紧看正表演单车的猴子，大方而自然地与对方的三口之家错身。

并没有久违的寒暄，也没有愤怒的指责，就如同路人一样，从前和以后，他们都不会再产生交集。

当天，她和喷喷绘声绘色地讲起了发现丈夫出轨当天的情形，如同就在眼前，可时光已经飞逝。

喷喷从未结过婚，香香表示，如果想试着去恋爱，可以考虑一下喷喷，但目前，两人还是做朋友吧。

没错，她离婚了，但是，她活出了更好的自己。

重要的是，她变瘦了，胃口依然很好。

从此以后，你是你，我是我

风尚是我的一个男读者，会深夜在后台留一些我不知所以然的文绉绉的句子。

然而感情的千回百转我都尝过，所以他的某些隐晦难懂的话，我都懂得。

我推测他仿佛正爱着一个很喜欢却很难得到的女子，那种不能公之于众的难过与撕扯，有时候让人动容。

前天，他忽然在我的后台写了大段的告别词，然后说："她走了。"

01

先说小南吧。

我认识的小南内在和外表不十分搭配，她笑容很淡，声音很轻，不多说话，远远轻轻飘飘地站着，邻家妹妹一般惹人怜爱。

小南独爱各种红色。

她是我同事的妹妹，有时候会突然出现在办公楼外，端一杯奶茶，等她的姐姐下班。

无论是玫红色的呢子大衣还是暗红色的鳄鱼皮手包，在她温和的笑容之下，都显得格外突兀。

我在五楼，悄悄地看她，会觉得这个姑娘没有找对自己的穿衣风格。

红色象征的大胆、浓烈和矛盾，她身上都没有，所以红色不适合她。

李明爱上她了。

李明是我们单位为数不多的高才生，人大法硕，根正苗红，单位里人见人爱的明星，听说他的父亲是曾经的区长，那他的前程不可估量。

小南答应李明的第二个月就开着红色的小车在楼下等她姐姐和李明下班了，有时候会扔下姐姐和李明一起去李明家吃饭，据说李明的父母十分喜欢恬淡的小南。

单位里都在传这样一段佳话，也都绘声绘色地讲起李明对小南一见钟情那天的情景：

李明加班一天，写好了一份大材料，点完最后一个句号，端一杯咖啡站到窗户前，看到了在雪地里等姐姐下班的小南。

那天，小南没有穿红色的衣服，却戴了一副火红火红的手套，捧一杯奶茶，刚好成一个心形。

李明的心被迅猛地击中，荷尔蒙泛滥弥漫到这个二十八岁青年的600度眼镜后面那一双炙热的眼睛里。

02

风尚的故事终于断断续续地讲给我听了。

风尚说，他初见姑娘那天，姑娘是公司人力资源部的普通工作人员，坐在一排面试官的身后，安静地记录着什么。

一排黑白灰的男男女女让人迷瞪，只有姑娘胸前的那束火红领带，振奋起了他的精神。

HR问他：“对公司最有印象的部分是什么？”

风尚熟练地背着自己早就准备好的答案，叽里呱啦说得很流利。

HR又说：“同学请注意你的创造力，重答。”

风尚说：“我记得上小学的时候，老师会拿起美术课本上的一幅图问我们，最有印象的部分是什么，答案是风雨中奔跑的小姑娘身上的红领巾。所以，今天给我印象最深的是，那位姑娘的红色领带，你很漂亮，谢谢。”

风尚朝着姑娘点头微微致意，一排面试官回头看姑娘，到底是怎样一根领带，姑娘羞红了脸。

风尚顺利入职销售部，工作之余，会时常记起那火红的领带，和它的主人——那个打杂的小姑娘。

03

小南和李明的感情急速升温，我们总是能从她姐姐口中得知两人的进展，说是要订婚了。

可是李明得到了一个极好的机会，调入中央部委工作一年，部委缺人，任务完成后有机会直接留下。

那天恰逢七夕，李明送了 99 朵玫瑰给小南，小南打开后备厢的一瞬，单位楼上有很多双眼睛共同见证了感人的瞬间。

李明单膝跪地求婚，小南尖叫着答应了。

那是我第一次听见小南那么大的声音，那种刺破天际的幸福呼唤带着某种隐隐的悲伤，我甚至开始担忧了。

李明在一个月后，买了机票飞去北京，那时候关于这对年轻人的未来引起很多人的议论。

有人说李明铁定会变心，有人说婚都求了板上钉钉啦。

小南的姐姐说：“李明在人大读的大学，他熟悉北京的一切，并不会突然就眼花缭乱忘记青岛的。”

青岛和北京的距离没啥，小南每半个月飞过去一次，听说的。

因为李明走后，小南也几乎不再来单位接姐姐或者男友下班了。

偶尔来，也是躲在红色的小车里不肯下车。

04

风尚在公司偶遇了端着红色保温杯打水的姑娘，开始上前攀谈。

姑娘的声音婉转好听还带着抗拒，风尚突然觉得自己对于这个公司的偏执其实来源于这个姑娘，遂展开了对姑娘的疯狂追求。

他把自己的业绩撵得高高的，一次次在新人大会上得到表扬。他每次拿到奖金，都会请慧眼识珠的人力资源部门所有人撸串。

他喜欢听小嘴儿辣得红肿红肿的姑娘吧啦吧啦地说话。

是的，姑娘并不是一个沉默的人，熟悉之后会发现，这是个慢热的人，一旦热起来，就很能说了。

半年后，风尚得到了一个消息，姑娘有一个异地的男朋友，这可如何是好?

可是就在风尚想死心那天，公司里举办年会，姑娘和她部门的几个死党喝到断片儿了。

风尚想狠狠心转过头不去看，可是姑娘边吐边看向他的眼神让他很心疼。

他给她收拾了烂摊子，送她回家，听她讲和男朋友的故事，然后姑娘的手和风尚的拉在了一起，拉在了一起。

风尚想起张嘉佳的《摆渡人》，把天上的月亮摘了下来，贴在胸口。

备胎就备胎吧，好歹还是胎，能够在她需要他的时候跑跑腿儿，说不定还有机会转正。

05

不知不觉间，李明已经去北京两年了，小南已经由二十四变成二十六了。

求婚的戒指也磨旧了，单位大楼里还是像播电视剧一样，时不时传出一些消息。

一会儿说两人感情好着呢，一会儿说李明有新欢了，一会儿说小南耐不住寂寞了。

作为过来人，我听着所有的版本，觉得一切皆有可能。

最终，他们艰难的异地恋还是迎来了结局。

小南辞职了，要去北京找李明，因为李明真的被部委留下了，把两个人的未来怎么办这个皮球踢给了小南。

小南想了足足一个月的时间，决定辞去自己鸡肋一般的工作。

反正两年了也没有什么起色，依旧是个公司的小喽啰，倒不如随了前途光明的李明。

只不过，她有一点点犹豫，因为李明的话说得很不明朗，支支吾吾，意思却很清楚，你来我们就继续，你不来那也无所谓。

小南心中那团火红火红的热情被激怒，她觉得她去了，于他而言就不是无所谓了。

06

我就是那时候发现后台的风尚的。

我也猜中了故事的开头，就是风尚爱着一个钟情红色的姑娘，爱而无法得到地深爱着。

风尚的故事让人特别无奈而又感动。

比如他在姑娘身边做着一切男朋友该做的事情，嘘寒问暖，各种护送，陪着过圣诞、元旦和情人节，还有其他的情人间的一切事情。

风尚每次特别投入的时候，都希望时间能够停住。

他不喜欢浓情蜜意的画面又被拉回现实，姑娘那张美好的面孔上又要写上“别人家的女人”。

他每次要放手，总会发现姑娘添加了新的衣服，红得耀眼而夺目，配上她小巧的身形，爱越发浓烈。

就这样吧，静静守在她的身边，有些故事不一定非得有结局的吧。

风尚说，有两年了吧，我单身却有女朋友，这个故事是不是好难琢磨，那就不琢磨了。

我悄悄地想，当备胎的这两年，他到底是幸福还是不幸？

07

文章导演的作品《陆垚知马俐》上映了，我还没来得及去看的时候，风尚在我的后台流足了眼泪。

他说他比陆垚强，他正在和心爱的姑娘谈恋爱。

只不过姑娘有个无法割舍的男朋友，尽管他觉得姑娘和男朋友之间并没有什么可能了。

因为姑娘已经有大半年没有离开过青岛了，而听说她男朋友也已经很少回来了。

或者他们两个人总会渐行渐远然后不了了之吧。

又过了一段时间。

风尚给我留言说："她走了，还是去找她男朋友啦，呵呵。"

我忍不住回复："这不还是有结局嘛。"

风尚秒回："这不是结局，这是被结局。"

风尚给我发来一张照片，照片里机场中一袭白色羽绒服一条红色围巾的小南正回头朝她的备胎微笑。

那一个笑容安然得一如从前在我们的办公楼外时那样。

呵呵，风尚喜欢的姑娘正是小南啊。

08

是的，我没有猜到，天涯咫尺啊，世界真是小，和风尚恋爱的姑娘正是单位同事的妹妹小南。

所以我觉得我才是两个故事线索的联系人，我仿佛能对上所有的故事节点。

李明被借调北京不久，风尚去了小南的公司应聘。

风尚对小南一见钟情，继而迅速升温，小南在半推半就间，同时有了两个男朋友。

一个远在北京，事业有成，不舍得放弃；一个近在眼前，工作突出，体贴有加，难以放手。

这一犹豫一纠结就是两年啊。

我眼前浮现出当初那个在雪地里捧着奶茶戴红色手套的温婉姑娘，开始觉得，红色的热烈和矛盾是适合她的，她的外表还是骗过了很多陌生人。

我们都以为她很乖，可是她很有主见，不是吗？

我对风尚说："你是个很称职的备胎，她已经幸福，你也该放手了。"

09

然而，前天听说，小南又回来了，她将留在青岛，哪里也不去了。

李明呢？听说，她不在的日子里，陪伴不在的日子里，物是人非。

风尚呢，他还在吗？我去后台找他，发现他在很多天前给我留言一条：

"初见你的时候，夏天的阳光那样刺眼，你穿一件雪白的衬衣，胸前飘一根玫红色领带，那么耀眼。

"同你告别的时候，是寒冷的深冬，我亲手扔掉了你手中玫红色的包包，那么痛苦。

"怪我无能为力，怪你欲壑难填。

"再见吧，从此以后，你是你，我是我。"

备胎走了，在我的意料之外，却又在情理之中。

唉，人生若只如初见，该多好。

最初的时候，风尚还是那个勤奋勇敢温情的小伙子，而小南还是那个酷爱红色外表柔淡内心火热的女子，在本该对的年纪谈对的恋爱，美好从一而终，该多好。

致那些曾经走过的弯路

01

大学时代有个同学洛洛，肤白貌美却没家境，但是并不妨碍她把自己打扮得漂漂亮亮的，好吃好喝地生活，因为她随便缺点什么，都会有一堆男人上前送。

她很享受这种交际花一样的日子，不用答应任何一个男生做他女朋友，也不用担心异性朋友之间会争风吃醋，因为他们每个人都觉得自己是她最好的异性朋友，都是最近水楼台的那一个。

她的行为颇招非议，女性朋友不多，所以周末通常和男生出去玩耍，反正也不用她埋单。

有一次她和一个有女朋友的男生出去，以干兄妹的身份吃大餐。饭吃到一半，平日里就看不惯两人关系的男生的正牌女友怒了，打电话表示坚决不允许他陪干妹妹过周末吃大餐，两个人二选一吧。

男生低头思量一会儿，在上菜之际借口有事跑了，而剩洛洛一个人在那里，看着服务员上这个菜那个汤，害怕极了。没错，男生是个富家子弟，这一餐点得不便宜，而自己平日里本身就干瘪的钱包里根本没有够结账的钱。

她在那里如坐针毡，最后给几个男生打电话，一听地点，几个人推托有事婉拒了她，只有一个人欣然赴约，快快乐乐地把饭吃完，然后，顺手把账结了。

洛洛长松一口气，可是没想到的是，当天晚上那个白天结账的男生就趁热打铁表白了："做我女朋友好不好？"

也不知道怎么的，可能是白天的窘迫让洛洛突然渴望安全感，也可能是男生故作自然的顺手结账给了她好感，反正她的第一段正式恋情就这么来了。

02

那时候洛洛上大二，有了男朋友之后，异性朋友突然少了一大圈儿，但是好在男朋友还算大方，把洛洛照顾得妥妥当当还花枝招展的，就这样相安无事地度过了一年。

有一次，因为男朋友过生日，他们再次到当时洛洛付不起款的酒店举办生日趴，去了很多人。男朋友很开心喝大了，嘴把不住门，开始和别人讲自己和女神洛洛的故事，其中一句就是：“知道不，去年就是在这个酒店，洛洛被人涮了，付不起钱，我来救的。”

当时洛洛就特别不舒服，这是她第一次从男朋友嘴里听到那件事，尽管这一年来，他们从来不提，洛洛也逐渐喜欢上男朋友的温厚踏实，可是那一刻，她忽然觉得自己特别恶心特别窝囊。

是穷到要用爱情换饭吃了吗？洛洛在 party 快结束的时候，谎称喝多了，先行离去。男朋友早已经喝大了，也没送她。她一个人回去，倒在宿舍的床上，思来想去，这一年，这一段爱情，太丢人了。

洛洛决定离开这个本来就不痛不痒的人，反正感情又没有多深入。

可最悲痛的事情是，洛洛发现自己根本离不开当时的男朋友提供给自己的舒适生活，饭菜会打好送来，要换季的新衣几个牌子的新款也会买好送来，手表手机不定期更换，各大超市和商店更是常客。

一周之后，收到洛洛分手短信的男朋友并没有做出任何挽留、任何反应。美女洛洛茶饭不香，分外怀念和他在一起的时光，走在好吃好喝和好衣服的橱窗前，她开始痛骂自己，为什么要放走对自己那么大方又那么爱自己的男朋友呢？

这是一场由收礼上瘾而产生的爱情长跑，洛洛不想半路退场。

她终于按捺不住拨通了男朋友的电话，男朋友像往常一样敦厚，什么也没说，带着一包好吃的，送到楼下。

两个平平淡淡又彼此离不开的人和好如初。

03

男朋友大洛洛一届，毕业后开始工作，他回到老家听从父母的意见进了事业单位，半年后又通过各种关系回到学校所在地的省委某部门，虽然还是小喽啰，可是前途大不一样。

洛洛这半年在实习，从校园的自习室到企业的酒会，洛洛发现永远都有比自己更爱打扮、更会撩人、情商更高的女孩，自己根本就不是交际高手，只是一个傻瓜一样的笨蛋，很多时候会被人一眼看穿心里戏。

男朋友更有钱了，自己日子好过了，卡里的钱从不间断，可是男朋友的嘘寒问暖频率降低了，再也没有那种被捧在手心里的感觉了。

孤单寂寞冷的日子总有人盯上。

忽然有一天，洛洛被一名男同事表白了，没有名表和重金，只有一束玫瑰，竟然也很动心，可她还是拒绝了。她忽然发自内心地高兴，自己在不知不觉间对男朋友产生了浓厚的爱情，她不想同别人产生暧昧。

她把这些事一五一十地告诉男朋友，男朋友只是冷冷地哦了一声，洛洛发现了这个字里掩藏的不耐烦，她开始惶恐。是不是他们的爱情就要被距离打败了？

可是，他们才分开半年啊，男朋友刚刚调回学校所在的城市工作啊，自己骄傲惯了，上学时候都是男朋友来找她，所以他这次调回，洛洛也并没有去过他的工作单位和住处。

洛洛把自己打扮一新，化上淡妆，去了省政府大门口等待他下班。没一会儿，下班的车辆开始络绎不绝，有几个衣着朴素的姑娘聊着天从门口走过，像是要去坐公交车的样子。

洛洛悬着的心放了下来，无论身材长相和着装，这些女孩都差自己几个层次，男朋友断然不会移情别恋吧。

就在这个时候，她看见自己的男朋友推着一辆崭新的自行车匆匆忙忙地从里面出来，似乎要追赶什么人。

男朋友一看见洛洛，愣了一下，然后说：“我还有事，你先回去吧。”

男朋友看见洛洛并没有惊喜，而是推车继续追赶那一群女孩，随后洛洛听见其中一个女孩拒绝的声音，说：“不用不用，我们坐公交车就行了。”

男朋友转身带洛洛去吃了大餐，开着父母给他配的轿车，而不是骑着自行车。

吃饭期间，男朋友说了很多关于那个女孩的事，什么外貌并不起眼可是眼神直抵人心，很多男人都喜欢她，什么家境并不宽裕却过得有滋有味，从不随便接受男人礼物，人品超赞。

洛洛脸上火辣辣的，她感觉男朋友是在影射什么，但又不明显，因为男朋友从来没说自己喜欢那个女孩。

然后就没有然后了，洛洛独自回了学校，男朋友表示要加班。

04

哪有什么分手仪式，交往三年半的男朋友凭空消失，没有给她半句解释，洛洛泪洒无数个深夜，不停地反思，究竟是自己太冷血爱得太慢，还是男朋友太无情移情太快，导致了这场有始无终的恋爱？自己好不容易下定决心，要天涯海角地追随下去的时候，对方却不愿意了。这世间的爱情到底是怎么了？她忍不住想向男朋友讨要个说法，发了条短信：

“我们这是分手了吗？能告诉我为什么吗？你这样对我太不负责任了？”

对方在三天后，回复一条：“女神，你不觉得，你用爱情换钱的这条路走得太难堪了吗？不想换一条吗？祝你好运。”

那段时间，每当回到宿舍，看着男朋友送给自己的各种各样的礼物，从袜子到被子，从杯子到包包，无一不在嘲笑她依赖男人，可是心底又有种声音传出来：“收自己男朋友的礼物有错吗？我为什么要接受这种谴责？”

她想起有人说，有的姑娘喜欢物质，这样的姑娘容易获得爱情；而有的姑娘注重精神，这样的姑娘自己给自己爱情。自己明显属于前一类啊……事实证明，男人喜欢后一类。

洛洛用了一个月去反思自己的对与错，在这场并不对等的爱情中，男人付出了金钱与感情，而自己只付出了一点点感动，所以到最后说再见的时候，男朋友以为自己太亏了，出言伤害她，而并不知道，她早已经深深爱上了这段爱情、这个人。

但是，因为之前的物质不平衡关系，自己百口莫辩，说自己爱他是因为爱这个人，不是爱那一堆礼物，谁信呢？！

05

一个月后，洛洛如愿地签约了自己的公司，她和前任、前任的礼物一一告别，也和过去的自己告别，决心靠自己的双手在这座城市闯出点什么来。

她不再热爱那些本不属于自己的浪漫奢华轻松的生活，反而给自己上紧了发条，想要努力赚钱，想靠自己买所有东西，希望和下一任的相识相恋是自由而对等的，希望她可以带着自己的钱包大方地为对方救一次场。

那时候，洛洛终于明白：

任何时候女人都要有钱，家境贫寒不是你的错，父母也是拼尽全力给你积攒学费，你没有理由埋怨，倒是你自己，除了青春靓丽，还有聪明智慧呢。

靠任何东西换来的安逸生活都会瞬间倒塌，只有靠自己换金山才是一条千真万确适合所有姑娘的坦途。

也许自己走过弯路，得到过也失去过，甚至患得患失过，但她仍然感谢时光，感谢经历，让自己重重一摔，再爬起来的时候，她才不至于害怕道路的泥泞。

有了底气，她将一如既往地努力下去，挥别不正常的恋爱关系，带着勇气去邂逅真正属于自己的火花。

世事浮沉，我心悠然

: / Part III

第 三 部 分

被辜负的永远鲜活

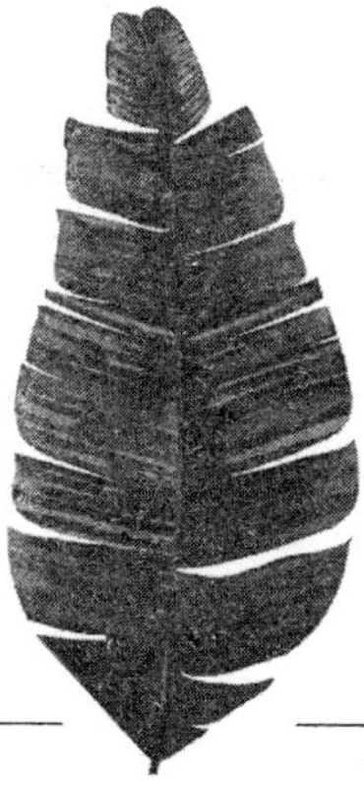

我只爱得起穷光蛋

衣向中说——

“当年的我穷得连朋友都没有，她却拿一片真心爱我、护我、给我希望。如今的我不穷了，忽然有一天又想起她，却不知道究竟是在哪一天因为什么事情，弄丢了她。”

01

如今，衣向中是新兴媒体公司的一位合伙人，三年前，他和昔日的同事出来单干,从一无所有到什么都有,速度快到令人以为是在吹牛。

可他快谢顶的脑袋瓜出卖了他，他不是什么时代的宠儿，是用努力和心血加上头脑打下的江山。

从前，他只是一个性格里带着太多内敛气质的小个子男人，最大的特点就是喜欢读书，他的女朋友是小巧玲珑乖巧可爱的那一种，叫依依，话不多却蕙质兰心，说一句就会让衣向中找到力量和希望。

比如当年两个人在一起的时候，衣向中没有向依依表白，只是在下晚自习后一起在操场上跑步的时候，鼓起勇气拉住了她的手，依依当时就停了下来，特别认真地问他："你想好了吗，同我在一起？"

衣向中有些惊讶于她的直接，他以为单纯如她，在感知到自己的手即将被他拉住时，一定会努力挣脱，然后羞红了脸……

然而依依没有，她只是更加用力地反握住他的手，这一举动反而让衣向中隐隐紧张起来，手心出了好多汗。

接下来的两个小时，两个人把那条街道几乎反反复复地轧烂了，有时候随便聊点八卦，有时候索性什么也不说，就想在那条路上待到天荒地老。

爱情的最初都是一样的小鹿乱撞。

02

在那个偏僻的县城里，衣向中在更偏僻的民企里做技术，而依依在县城中心做文秘，两个人都在实习期，工资很低很低，和别人合租的房子，三天两头漏水断电缺煤气，生活一片狼藉。

衣向中有时候会问她，你怕穷吗？依依有时候说怕，有时候说不怕。在刚参加工作的很长一段时间里，衣向中搞不清楚，这个姑娘到底会不会跟着一贫如洗的自己走到结婚，他没底，也很怕。

有时候穷到山穷水尽，要分吃一碗拉面那种。依依的胃口很小，几乎不怎么吃，所以衣向中没怎么觉得饿。男孩子心粗，也没觉得生活有什么不妥的，直到有一次深夜接到依依的电话。

依依说因为去参加新工作的临时培训，被公司带到一个陌生地方加班到十点多，出门找不到公交车站，同事们都驱车离开了，自己又没好意思求捎，然后就迷路了，手机还剩一格电。

当衣向中匆忙赶到的时候，依依正坐在一个公共厕所门口的台阶上瑟瑟发抖，她说这里人多，有人不断出入，显得安全一些……

衣向中难过极了，前几天依依告诉自己，她比过了所有的大学生，成为唯一的实习生时，他还为她的优秀出色感到开心，而这一刻，他却是心疼，感到了对未来的巨大恐慌。

正是因为穷，自己的工资除了房租所剩无几，生活的大部分开支压在了依依身上。她情商不高，却不得不不停地寻找工资更高的工作，哪怕辞去文秘，做了自己并不擅长的市场。

衣向中说要不他辞职创业吧，他已经想了很久，现在互联网的机会遍地都是，他又喜欢钻研，总会找到自己的方向的，如果一味守在传统行业给别人打工，可能两个人会穷一辈子。

依依对于衣向中的提议非常支持，还有些兴奋。她总觉得这个在校园里就特别爱读书爱思考的小个子男人会成就一番事业，而不是窝在一个小厂子里拿三千月薪。

03

然后他们就开始了更加省吃俭用筹备创业基金的日子，半年后，衣向中觉得准备得差不多了，就辞掉了工作，拿着两个人东拼西凑攒起来的十万块钱，斗志昂扬地开始在互联网折腾培训了。

回想那段日子，衣向中依然会在夜深人静的时候，一个人泪眼婆娑。他说没有经历过创业的人，只是按部就班工作的人，永远体会不到那种心力交瘁与没有退路，他整夜整夜睡不好，因为所有的问题都不可以拱手让给领导，因为自己就是自己的领导和负责人，你必须得亲自解决所有问题，何况你根本就没有员工。

说白了，就是没钱，只能单打独斗，并且毫无进展。

整一年，十万花尽，一分未回。他不敢出去应酬、接触朋友，一些稍微混得有点起色的同行不会把他当朋友的，他不强大，不能给别人带去什么，是没有什么做朋友的价值的。

然而就是那段穷到、落魄到连朋友都不敢交的日子，依依给了他强有力的支撑。她在一个月末拿到全部工资，递给衣向中，说："这回你得听我的，去订个桌，请王伟、张三、李小他们好好吃一顿，闭门造车是不行的。认识他们，有机会更好，没机会就当吃了顿饭。"

就是那顿饭，衣向中精湛的技术和缜密的思维，无意间打动了已经摸到门道的王伟，他们早就认识，但没有深入交流过，王伟忽然觉得衣向中就是自己苦苦寻觅的合伙人。

两人一拍即合，离开了培训圈，在新媒体方向大刀阔斧地开始了。当然，王伟也不算多有资金，但两个人的力量大多了，在经过了又一年的沉淀期后，事情发展的速度就超出意料了。

衣向中说，做梦都会笑醒的日子，他却忽略了依依，她还在做着那份没有什么技术含量的工作。

04

其实，毕业多年的依依很黑很瘦，没有一点气色，不像是一个在爱情中被滋润的女孩子，当然这些都是通过同事的嘴里得知的。

那天，一位多嘴的同事问她，你为什么总是不吃饭，依依很纳闷，说我吃啊，这不打了一盘子饭菜嘛。同事说，可是总感觉你就是象征性地戳几下就不吃了，根本没吃进去什么东西。

依依望着那盘子饭菜出神，仔细地想了想，才明白，和衣向中在一起的这段日子，他们一直是一起吃饭的，自己已经养成了不怎么吃饭的习惯，以至于现在也忽略了，而这一晃就是两三年。

那一天，破天荒地，依依把所有的饭菜一扫而光，打着饱嗝的她忽然觉得很开心，就在衣向中越来越忙的日子里，依依所有的专注点都成了无论如何也要一个人把盘子吃得一粒米都不剩。

毕竟，吃饱了，才有未来。

她也不知道是从什么时候开始，自己已经不再关注衣向中的成功还是失败了，因为就仿佛他的人生已经开挂，那些曾经吃过的苦在体内全部变成了黄金，一摞一摞地递给了依依。

依依有些恍惚，二十几万的车说买就买了，那么期待的房子说买就买了，以前文文弱弱不善言谈的衣向中说霸道就霸道了，他言语里的自信带上了几倍的自负，常常在她面前演讲，感谢这个时代，感谢自己的勇敢，感谢她的陪伴。

衣向中没有忘记这个贫穷时守在身边的女孩，心地善良的他依旧爱她，可是连他自己都控制不了的是，性格脾性的转变，使他变得颐指气使了。

在一次集体聚会上，依依端着酒杯想说句祝酒词，被衣向中拦下了，他嘴里说着："不用不用，你多吃就好。"然后转身同另一个时尚年轻的姑娘聊天去了，当然他回家说是聊工作。

依依看在眼里，凉在心里，那个从不会撩拨女人的衣向中学会了撩拨，也有资本撩拨了，而自己呢，情商智商一般，还在月薪四五千地挣扎着，自己也不是多么会打扮的姑娘，在熠熠生辉的他旁边，就像是剩下的那件并不相配的物品，她想："不合适的总要早点碎掉才好。"

最后她留下了一句：感谢共苦，无福同甘。走了。

05

衣向中在最初并没有多难过，他也觉得两个人之间的差距慢慢地拉开了，也许分开是好事。

可是等他膨胀的心稳定下来后，事业上的红利期过去之后，他的自由和时间多了，就开始分外想念那个安稳的依依。

他说："那时候，我没有朋友，真的，穷人哪敢有朋友，我只有依依。现在，我乱七八糟的朋友太多了，却没有一份实打实的真心。"

他还是很在乎那段没有朋友的低潮期的，其实，他从一无所有到什么都有，就差了一个女孩，而已。

我狠心问了衣向中一句："如果时光能够重来，还让你用依依去换这有钱有事业有辉煌的一切，你换吗？"

他想了大概五秒，说："换。"

全世界最没意义的桥

有人说，小隐是一位将领，她头戴红巾、开疆拓土，当自我国界之帝王。

也有人说，上帝给小隐留了数不清的窗户，漂亮、努力、坚强，打开任意一扇，鲜花和掌声都会蜂拥而至。

可是，坚强都是无奈的。

01

去年的某个夏日傍晚，小隐把我约出门谈理想。这年头吐槽姑娘多见，肯谈论虚无缥缈之理想的女人罕见了。

我把她如上这番猛夸一顿。

小隐说："饭饭，说人话。"

我说："你的感情生活一片空白，必将成为人生一大遗憾。"

小隐遥望着窗外一对对难舍难分的情侣，摇摇头叹口气回过头，啪的一声打开手包，掏出一摞人民币数了起来。

她是学会计的，白发早生，不得已染了一头酒红。

奶茶店靠窗的位置上洒进一片阳光，小隐的一头"红酒"仿佛可以流出香气，在好多路人的侧目中发光和起伏。

仿佛能看见她正为了赚钱去体面地生活而千方百计、策马奔腾，我心想，每一个肯努力的女孩子都不会被辜负。

这时，走进一名西装革履的青年。

小隐说："饭饭，给你介绍一下，我师傅，康康，隔壁银行的大堂经理。"

寒暄之后，两人旁若无人地开始数钱，指尖连成一条线，划破寂静的店堂，传出浓浓的世俗气息。

小隐从包里拿出一个本本，康康飞快地签下了自己的名字，拿着钱告退了。

原来，不甘平稳的小隐约着志同道合的康康一起开辟了第二职业，广告公司。

她终于要进入平稳期了，可是我认识她的时候，她很颓败。

那天，在 8 路车始发站排队线上，小隐戴着耳机，嘴里叽里呱啦地念着英语，眉头紧锁，面色紧张。

一看就是想拼命融入本地却始终徘徊在边缘的青漂人员。

我狠了狠心，上前拙劣地撞了她一下，然后搭讪："听英语呢？我在英语培训机构打杂，没准儿我们可以聊聊。"

她朝我礼貌地笑了笑，算作回应，不再理我。

在一座没有安全感的城市里，被人搭讪本身就是很奇怪的，虽然我们是同性，但是我依然觉察到了她心里严密的自我屏障。

她下了车，来到一家咖啡厅，什么也没点，坐在那里继续写写画画、背诵。

我买了两杯咖啡端过去，再次搭讪："嘿，我觉得我们可以成为朋友。"

她摘下耳机，依旧很美好地笑着，然后说："本来我们是可以成为朋友的，可是，喝了你的这杯咖啡，我们便不再对等了，喝人的嘴短嘛，AA吧。"

那就AA吧。

我费了九牛二虎之力打开了她的话匣，零零碎碎地听来一些故事。她和男朋友都是在青岛读大学的，毕业后按照约定在本地找了工作，她做了出纳，他做了技术。

日出而作日落而归，一切幸福温暖得不像话。

有一天，小隐在阳台上哼着小曲晾晒衣服，不小心瞥见男朋友紧张地看她一眼，然后快速地抓起手机跑进卫生间。

在好奇心的驱使下，她去偷听了男朋友的那个电话，真是让人一半欢喜一半忧，欢喜的是男朋友并没有劈腿和出轨，那个让他紧张的电话是他爸爸打来的，忧的是他的局长父亲命令他回家工作。

因为她听到男朋友说："我真的不能回去，小隐喜欢青岛，也习惯了青岛，她不会跟我去的。"

对面说："好男儿何患无妻，回来再找。"

男朋友无奈地叹口气，都懒得解释了："爸……您不能这样。"

他挂了电话，撞见了站在门口笑脸盈盈的小隐。

小隐摆摆手，拒绝了男朋友的解释，说："没关系，放你回家。"

然后她罗列了层层递进的爱情观动之以情晓之以理地同第一任男朋友告别了。

而她那懦弱的男朋友果然同意料中一样，既没有满大街地找她，也没有疯狂地打电话发短信。

反而像天边的那一朵云彩那样，刚才明明还漂亮地飘在那里，此刻却消散得无影无踪了。

02

讲到这里，小隐的眼睛里闪烁着泪花，看得出来，她在使劲控制情绪，不让泪水流下来。

她轻咬着下唇，挤出一丝微笑："饭饭，都说忘记旧爱的最好方式就是时间和新欢，我试过了，时间不管用……并且，新欢现在也没来。"

她的手机铃声响起来，是好听的孙燕姿的歌声："我的爱明明还在，转身了才明白，该把幸福找回来，而不是各自缅怀……"

接电话之前，她下意识地看了我一眼，似乎怕歌词无形中透露了她的心境。

她领导给她安排了晚上的饭局，她连找了几个理由都推不掉，对面大概有些不高兴了，她赶紧说："那好吧，我把我的事情往后推推，晚上见。"

放下电话，她忘记了刚刚讲过的话题，像是在自言自语又像是在问我："你有没有这些让人头疼的饭局，去了的话整个人的五脏六腑都在恶心，推了的话就等于连你整个职业前途一起推了。"

按理说，小隐的会计工作是不需要应酬的，可是在前男友被局长爸爸召唤回去之后，她一个人承担不了房租，不得已将会计变成了兼职，找了几家私营公司，每个月去个一两次。

她谋到了一份跟单的工作，据说可以出国学习，但是先得打通国内的业绩大道。

她很拼，把酒量拼强了三倍，把寂寞拼出了坚强。

每次在深夜十一点或者一点打着酒嗝回到出租房的时候，她就想起那该死的男朋友，那没有风度的男朋友。

她说："饭饭，以前和同学的聚会，再晚也是开心的，因为有人陪有人保护啊。可是现在，在外应酬的每一秒都是赚到的，因为我不知道已经躲过了多少次借着酒劲儿伸过来的咸猪手、凑过来的死猪脸，才得以混到签约那个时间点。回到家，反锁上门，我觉得整个世界都是一个梦境，一点也不真实。"

我很明白她想表达的意思，她笑过哭过活过打拼过的日子，连一个证人都没有。

可怜的姑娘，你根本就不是什么将领，你只是自己的士兵，并且暂时还没有尝过赢的滋味。

03

我和她成为朋友了。

她的生活很新鲜，我尤其喜欢看她的朋友圈，有芝士蛋糕也有欲滴红唇，磨过皮的她懂得自拍，更是漂亮得能戳瞎我的眼。

这些精彩缤纷的生活，和那个跟我谈话时的姑娘完全不同，我以为她走出失恋的阴霾，开始一切向好了。

谁又会永远沉浸在一段始乱终弃的爱情中呢？谁又永远是小姑娘呢？

谁不是一边喝酒一边成熟？

看起来她很好，这就够了。

她终于获得了出国机会，随着总裁在外面转了一圈，回来便生活得比以前自信、从容、坦荡多了。

我就是那时候在奶茶店看到她和康康数钱的，总觉得小隐在慢慢地变得独立坚强和有担当。

后来的约会中，她嘴中会常常提到康康，提到他们共同的公司，提到钱。

意料之中，小隐和康康走在一起了，爱爱爱、晒晒晒似乎成了她生活的主题。

她说捡到了一块宝，康康能干又聪明，公司竟然也小有成就了。

那时候，她已经和我在公交站牌见到的那个单纯可怜的姑娘相去甚远。

嘴里说出来的话不再孤单寂寞和迷茫，取而代之的是对未来的无限憧憬。

我知道，时间和新欢把她拯救了。

但愿她那与年龄不相符的白发不要再没完没了地生长了。

两年之后的冬天，她爽朗地打来电话："饭饭，我买房子了，我终于在青岛的后花园有了一席之地，首付四十万，月月还贷，可是我开心啊。"

我说："恭喜你啊。"

我替她开心。

她好像真的成了自己的将领，在爱情和事业的领域，开疆拓土。

一切都在蒸蒸日上。

她是 1984 年的，比我大一岁，我们成了这座城市里陌生的闺密。

没事不会见，有事也不会见，就只是在网络上联系一下，我问问她的现状，她说说她的心事。

因为我结婚了，接着又怀孕、生孩子。

而她呢，忙公司忙销售忙会计。

彼此都忙忙碌碌的日子里，我便有了时间坐下来回忆她。

嗯，她变了。

我知道她好就可以了，就完成任务了。

本来以为，我们的缘分到此结束了，渐行渐远之后便会相互遗忘。就像这座城市的一条平行线，灵魂上有交流，现实中不会再有交集。

可是，竟然会接到她的电话。

她说："饭饭，我还是食言了，我得回老家了，呵呵，离开青岛前我们见一面吧。"

我很惊讶："为什么？不是要在青岛安家吗，不是很喜欢很喜欢青岛吗？"

她在电话里和我简短地说了情况。

"康康是我晒给世界看的男朋友，那天，我看到父母触目惊心的白发，再也坚强不下去了，我需要一个男朋友，需要一份爱，需要看到父母宽慰的笑容。

"可是，我失去了爱的能力，康康说可以真的试试看，可以一边赚钱一边相爱的。我拒绝了，我觉得爱怎么能一边一边的，就像当初前男友说一边说服父母一边相爱。爱啊，只能专心的，你说对吗？

"饭饭，我发现只要在青岛，到处都是前男友的痕迹，我没法爱啊，我以为走出来了，混好了，有钱了，爱就会淡了，但没有啊，想起分开的那天，我依然撕心裂肺啊。"

"所以，我得走了。回父母身边，没有爱情，但有安心。"

04

约好的那天，刚好家里老人都有事，我不得已只能带着两岁的儿子前去赴约。

我搬来儿童座椅，调整好座位，安顿好儿子，逗了逗他："快说阿姨好、阿姨我们开吃吧。"

再回头看小隐，红了眼眶，隐忍着眼泪，憋屈的样子让人特别心疼。半晌，她用纸巾拭了拭眼角，用快哭了的声音问我："两岁了对吗？你看你还比我小一岁，你看我什么都没有，最后还是得两手空空地回家。呵呵，回家。混了这么多年，连个新家都没混上。"

我知道她所指的新家，并不是新房，就是新家，两个人一张床一个娃一碗饭，那是我的现状……

那一刻，我很后悔带儿子一起去，我握住她的手："对不起，我不该带孩子的，只是今天实在是安排不开，所以……"

她摇摇头："饭饭，没事的，我没那么脆弱，在青岛，你是我唯一敢说真话的朋友了。呵呵。你看我的朋友圈，哪天不是光鲜靓丽……包括这次回家，他们也只是以为我玩累了，只有你知道我是玩废了。"说完这话，她轻轻地伏到桌子上，待了一会儿。我想就让她安静一下，我看看菜单点个菜吧。

她幽怨地说："点一些你爱吃的，再点一些我以后吃不到的，内陆城市吃海鲜就不方便啦。你说，我在青岛待了十四年，怎么啥都没记住，就只记住了那一堆海鲜……"

虾、蛤蜊、螃蟹、海螺、鱿鱼……

她终于离开了，在同自己也同青岛对抗了多年后，承认自己对于生活的无奈，接受了父母的建议，回家乡去重新开始。

她苦笑了一下说："饭饭，所谓的重新开始，其实就是去相亲。"

我也笑了："相亲也不怕呀，面包你自己有好多，他只要给你爱就好。所以，你仍然要相信爱情哦。"

她不置可否。

临走，我问她："是不是后悔了，当初主动提分手，如果不提，两个人一起扛扛就过去了。"

她说："事实证明我是对的。身边很多扛啊扛啊的，最后都分了，我这样，虽然自己惨了点，但起码前男友有机会更早地收获幸福。"

她的电话响了，依然是："我的爱明明还在，转身了才明白，该把幸福找回来，而不是各自缅怀……"

她接电话前，笑了，问："饭饭，饭饭，你呀，你呀，其实，我唯一纳闷的是，内敛如你，那天在公交车站为什么会故意撞我，和我搭讪呢？"

呵呵。

她摆摆手，没有同我说再见，走了。

05

"你就去 8 路公交车的始发站，每天七点她都会在那里。"

"或者你去 8 路车站终点站的咖啡店，这里是一百块钱，你去点一杯咖啡给她喝，你就请她，一定要请她。"

雷刚是我远嫁的姨的儿子，我的亲表弟，也是小隐嘴里那懦弱的前男友。

他被他那当局长的爸爸彻底拿下了，在山东的另一个县级市里谋得一份公职，再也没有见过小隐。

最初的几年他过得并不好，十分想念小隐，可是又清醒地知道两个人不会有什么未来，就克制着自己那颗想要联系小隐的心。

他想起了一直住在青岛的表姐我，拜托我去结交小隐，只为达到一个目的："姐，我不会怎么着，只是不想失去她的消息。"

我去了，按雷刚给的提示，成功地搭讪了小隐。

雷刚说自己的父亲曾经指责过小隐的经济条件不能和自己匹配，所以小隐对钱很敏感，坚持不花雷刚的钱、不收雷刚的礼物、不喝雷刚请的咖啡。

所以，雷刚请我务必请小隐喝一杯。

然而，他不知道，小隐坚持AA，最终也没沾过雷刚的一点点光。

我忽然懂了，她为什么那样爱赚钱、那样拼，因为她是那样看重自己的尊严。

这样坚强倔强的姑娘不是自己的将领那谁是？！

当天，我告诉雷刚，小隐并不是将领，而是一名步伐都略显微小的女卒。

雷刚说："不，这怪我，怪我走掉了，并没有让她有机会成为一个有恃无恐的嫔妃。所以，她必须得成为一个将领啊，不然我放心不下。"

后来，小隐事业有了起色，买了房，我告诉雷刚："弟，你说得对，小隐是一位将领，我真是眼看着她从低谷里爬出来，怒吼着站在这里的，她买了房，开了公司，她厉害了。"

雷刚说："姐，她很好是吗？我订婚了。今天。"

我握着短信，有些替小隐不平，正如她自己所推测的，前男友果然更早地收获了幸福。

那我这个单方向传递消息的桥梁算什么呢？毫无意义。

小隐离开青岛，回了南方老家，我把最后一个消息告知雷刚。

雷刚说：“谢谢你，姐，就到此结束吧，反正她也要回去了。”

过了一个月，雷刚传过来一张图片，上面刚劲有力地写着一段话：“上帝给小隐留了数不清的窗户，漂亮、努力、坚强，打开任意一扇，鲜花和掌声都会蜂拥而至。可惜，我把她这把好牌搅和得稀巴烂。”

末尾，他又问我：“姐，小隐怎么样啦？”

我其实真的不知道了，也不想继续传达了。

可能雷刚真的是偶尔惦记起他的初恋，会担心她走不出去、过得不好，可是据我姨说雷刚自己生活得不错，婚姻幸福工作顺利的。

所以，我更希望他对小隐的这种打探不是牵挂而是好奇。

怎么说呢，曾经的恋人既然已经分开，也许会念念不忘但不要藕断丝连，更不要上前打扰，最潇洒的放手永远是相忘于江湖，然后各自安好。

小隐虽然三十未婚，极具挫败感地重返家乡，可我并不认为她打烂了自己的牌。

相反，我觉得，她对自己的爱情观的忠诚让她生活得比任何人都值得敬畏。那就是尊重自己的内心。

爱错的时候撤退，不爱的时候不勉强自己，年龄大了又如何，她把自己活成了女王。

我和雷刚说：“别再打听了，没有意义，她会很好，比和你在一起时好。”

然后，这两个曾经爱过、后来不甘、最后陌路的男人女人终于彻底失去了联系。

我，这个雷刚和小隐的隐形桥，主动把自己拆了，我不需要再存在了。

回想这几年的点点滴滴，我才明白，我早该消失，我这座桥是世上最没有意义的桥。

嗯，我和小隐的这场缘分，唯一让我欣慰的是，认识了康康，他在小隐回老家之后，给我发过一条短信：

“我把公司迁到小隐的家乡了，我过去找她了，专心相爱，小隐说得对，爱怎么能一边一边的？！”

嗯，这才是我想要的结局和开始。祝福你们。

谁的一生，不曾蒙上双眼去爱一个人

01

小马哥请我吃羊肉串，串摊边上有一对狗崽子在交配。

小马哥暧昧地抠了抠我的手心，这招很灵，我眼前立马开始播放黄色录像带。

没控制住，胃里一阵翻腾，我趴在马路牙子上大吐起来。

串摊摊主吹起口哨，仿佛在告诉我刚才那一切他尽收眼底。

我抬头，站好，擦嘴，指着小马哥大骂："你想也别想，想就去找那条母狗。"

由于我的声音狂躁夹杂大怒，惊得那对发春的公母狗慌张地停下，委屈地看着我。

哦哦，对不起，你们继续。

姐大步流星走掉，身后传来无数小马哥啪啪啪摔羊肉串的声音。

还有摊主的口哨划破寂寥的校园黑夜。

至此，姐的初恋宣告终结。

02

后来，我频繁地做同一个梦。

梦见我的男朋友是卖切糕的。

任何奢侈品都弱爆了，一块切糕换天下万物。

可是，每次梦醒去买切糕吃，我未来的男朋友们仿佛不认识我一样，照收钱不误。

有人说，如果你还单身，说明你身边暧昧尺度之内的异性密度太低。

好咯，新疆，我来了。

接站的却是一个美丽的大眼姑娘。

一路上她嘴里嘟囔着说，云端没时间，在家给我嗑瓜子。

哦。

嗑瓜子呀，我懂，这个姑娘必定是云端的女朋友了。

他们的家凌乱不堪，云端有些胖了，拉起那姑娘的手。

我站在门前，没有迈步。

03

两年前。

云端拦住正下晚自习形单影只的我，声称要索赔。

“明明阳痿了，自从那天被你吓的。”云端在大马路上张开双臂挡住我的去路。

“滚犊子，我不认识明明。就算认识，我从来洁身自好，害不得谁阳痿。如果你是明明，你阳痿了的话，回家找你的母狗算账去。”

我从来不怕在街道集市上打架，你若惹我，我让你好看。

“明明就是我家的那只公狗。”云端着急的样子倒也显得青涩，貌似并无恶意。

我愣了一秒，马上回想起和小马哥告吹那个世人皆猥琐唯我独纯洁的夜晚。

公狗原来叫明明？！我哈哈大笑。

“哦，原来是明明的爹呀。那你家的母狗叫什么？黄花？”

“啊哈。”云端狡黠一笑，月光扫过他的面庞。

我的脑海里闪过几个词。

清澈，无辜，真挚。

04

喂，云端，你的羊肉串小摊一晚能挣多少钱呀？

以前刚够明明和黄花的粮食。

现在呢？

不够给明明治阳痿的了……

哦。

哦什么哦，都是你那一嗓子吼的，每天下课来给我端串盘子。

哦。

豆瓣上有无数个帖子讲述自己对爱人动心的那一瞬，却从来没有雷同的。

而我纯粹是在月光底下透过拉碴的胡子仿佛看到了云端的内心。

瞬间沦陷。

从此那条有羊肉串摊的街道也爱走多了。

细细品来，羊肉串的味道也是极好的。

认识云端，是一场由一对狗散开的缘分。

05

我不愿意承认我是有精神洁癖的人。

我习惯穿一身黑色的衣服躲在人群的角落，你不惹我，我默不作声。你若惹我，我马上变黑社会。

曾经，小马哥说：“我必须收了你这个两极分化的妖孽。”

于是玫瑰香水样的礼物看得我眼花缭乱，就是没法动心。

姥姥去世的那个大年初一，小马哥千里迢迢赶来拥抱我。

我松口道：“试试吧。”

然而恋爱越进行，我越觉得不爽。

我那么轻易地就看穿了他的目的。

他带我开房让我试穿他送的内衣，我把胸罩穿到他的身上，拍照留念。

他带我去洗浴中心非要来个鸳鸯浴，我趁他脱衣抱着衣服走掉。

他开导我说爱情是灵魂与肉体的结合，我说爱情不是肌肤之亲。

我警告他，你已经触犯了我的底线，绝不准再往前一步！

06

某天，小马哥非带我去吃羊肉串，说那里有两条狗狗很恩爱。

结果我就看到了交配的狗狗，还有小马哥抠我手心继续暗示我。

后来的故事你已知道了。

那两条狗狗的主人就是云端，公狗阳痿了，云端赖着我给串摊帮忙。

每晚，有没有月光，云端的身影都被炭火映照得无比魁梧。

我就那样常常看着忙碌的他，走神。

旁边，明明在夜复一夜地追逐着黄花，未果。

出租屋内，云端谈起这对已经不能交配的狗夫妻，徒增伤感。

云端说：“母狗真的叫黄花。”

哦。

我其实在想，我俩的色情尺度难道如此一致？

明明和黄花其实是一个成语，我不敢再往下想……

空气氤氲。

云端忽然猛地抱起我，走进卧室。

慌乱中，我脑海中浮现出无数小马哥欲火焚身的面孔。

呵呵。

我吻了吻云端，从了。

07

从那以后，我戴着小围裙更加认真地忙活在羊肉摊上。

任凭小马哥点来点去呼来喝去各种白眼。

忙起来时，孜然和羊肉的味道混杂在人来人往中甚是好闻。

闲下来时，就坐在马路牙子上数天上的星星，听云端吹着口哨指挥着明明追逐黄花。

有一晚，小马哥终究还是没忍住，坐到了我身边问，为什么？

什么为什么？

为什么住到他的出租屋了？

我答，爱情是灵魂和肉体的结合。

小马哥怒道，少矫情，我问为什么是他，不是我？！

这时，云端从炭火缭绕中转过头来，笑：“嘿，伙计，你知道吗？我的那条公狗阳痿了。”

啪啪啪，小马哥又是一顿摔串，离开。

我们大笑着收摊回家了。

云端不知从哪里变出一堆已经剥好的瓜子，用来换了一次钻被窝。

精神洁癖，洁癖就是不爱。

爱了准会色情。

08

校园的风景换过一茬又一茬。

提醒我知道，哦，和云端的同居生活有一年了。

纪念日，我买了红酒，兴高采烈地去了摊位。

没有看到云端，没有看到我们的串摊。

奔跑中我已然猜到一切，也是事实，出租屋内人去楼空。

没有哭没有闹，因为没有哭闹的对象，我默默地接受了现实。

除了他叫云端，新疆人，羊肉串摊摊主。

我竟然一无所知。

小马哥拎着面包去我的宿舍，一遍遍问傻不傻啊你。

我没有吃他的面包。在日记里写下：

这一生，谁不曾全心全意地爱过，包括蒙上双眼去相信一个人。

09

王朔有本小说，《一半是火焰一半是海水》。

遇见云端之前我抱着自己的精神洁癖冰冷得像一摊海水。

我从来不怪自己轻易就被他人撩拨起火焰，因为那人叫云端。

我沉睡了整整一周，起身告诉小马哥：对不起，我还爱他。

那时候，满网络的段子都是关于新疆切糕党的。

于是，我开始频繁地做一个梦，梦见我的男朋友是卖切糕的。

有人说，如果你还单身，说明你身边暧昧尺度之内的异性密度太低。

只有我知道，和密度无关，和云端有关。

小马哥递给我一个地址和一张火车票，说，去讨个了断。

10

大眼姑娘领我到了他们的家门口。

云端开门，他已经微胖，像是无意又似故意拉起大眼姑娘的手。

我站在门前，没有迈步。

问：为什么？

云端没有说话，胡子依然拉碴。

我往里探了探眼神，没有看到我的那对狗朋友。

我问："明明和黄花呢？"

云端这才抬头，轻轻说："他们不叫明明和黄花，他们叫明日黄花。"

那又怎样，我早就知道啊。

忽然，我恍然大悟，掏出手机，快速地百度了一下。

哦。

我苦涩地点点头，怪我，这么熟悉的词汇竟然不知道它的含义。

随着时间，我早就成了云端的明日黄花。

我竟然还千里迢迢地讨个鬼说法。

下了回程的火车，小马哥像个老朋友一样轻轻地拥抱了我。

他说，爱情，是一种不死的英雄梦想。

后记：

爱之于我，不是肌肤之亲，不是一蔬一饭，它是一种不死的欲望，是颓败生活中的英雄梦想。

————杜拉斯

再见吧，我的奥黛丽·赫本

读大学时，有一日，我站在夕阳的余晖底下朝我心爱的女生——小九表白。

她背对着一片绯红的晚霞，嘴角上扬出一条弧线，说：“陀螺，你在说什么啊？”

路过的女生纷纷捂嘴偷笑，小九惊慌失措地说：“啊……对不起，我不是有意的。”

我扫视一眼身边各种不怀好意的女生，低头不语，等我再次结结巴巴地想说什么的时候，一抬头，小九面色桃红，如她背后的霞光一样光彩夺目。

我什么也没说，静静地退下了。

回到宿舍，看到一舍友正在张贴奥黛丽·赫本的海报，透明胶带用嘴巴咬断，啪的一声贴在赫本的发梢和裙摆上，同壁橱硬连在了一起。

我想，从此赫本就住在我们宿舍里了吧。

舍友看我汗流浃背的囧样，上来就口出脏言：“我靠，失身了啊。”

我说：“没有。”

舍友：“那一定是表白了。”

我说：“开什么玩笑，你见过风流倜傥天下无双才貌双全的陀螺向奥黛丽·赫本表白？”

你猜得没错，其实，我是一个能言善辩、油嘴滑舌的家伙。

只不过，面对我暗恋长达四年之久的小九姑娘我变成了结巴。

暗恋是一个力大无比的狗熊，我看它两眼，它吼我两声，我不看它，它依然吼我。

它无时无刻不在提醒着我，前面有一个窈窕姑娘，还不快追，又无时无刻不吓唬我，追不好，就会被狗熊吃掉，从此再也不能做朋友。

我打败了消极的那半只狗熊，去表白了。

那些积压在胸口无处安放的欢喜生生将一个生龙活虎的青年逼出一身汗滴。

那些经历过无数次打磨的表白稿在说出口的一瞬间，全背叛了我。

结巴磕儿引来小九闺密们的一阵嘲笑，并很快就传到了我舍友的耳朵里。

舍友一边盯着赫本，一边取笑我那见光死的暗恋，说：“闲着没事儿，表什么白呢，我家赫本从来不用表白的，还不是乖乖地朝我笑。”

我顺着他的眼光，仔细地端详了几眼赫本，发现赫本明眸皓齿的样子像极了小九，便凑上前去，说：“哎呀妈呀，赶紧给我也买一张，这赫本可真像小九啊。”

在一阵呼天抢地捶桌子的饱含讥讽的笑声过后，我和小九都有了特别有代表性的昵称。

我叫陀螺，那是女生们背地里给我起的，被小九不小心说出来的。

就在表白那天我才知道自己有这么美好的一个别名，我很喜欢，真的。

小九叫赫本，那是我给起的，被男生们肆意传播出去的。

从名字就可以看出来，我们注定是走不到一起的，赫本怎么可能与一个又胖又矮又矬、看起来几乎没有优点的男人在一起。

小九是实至名归，她和赫本一样漂亮妩媚多情有才。

她已经是很多男生心目中的女神了，也不多我一个。

只是，我真的很不满意“陀螺”这个昵称。

表白过一个月后，我才缓过神来，恢复到原来那不羁的样子。

我找机会拦住小九，开玩笑地揶揄她：“哎呀，赫本，你可赚大发了，你的外号成了赫本，多令人扬扬得意的一件事啊。可是，你说说，你怎么就不知道嘴下留情，为什么给我起一个‘陀螺’的名字啊……”

小九捂着嘴偷笑，不理我，径直向前走。

我接着说：“是，我胖，我肉多，可是我聪明好学啊，懒惰的陀螺和我根本不配啊。”

我没有想到的是，小九姑娘突然停下来，认真地看着我说："陀螺，对不起，上次我不是故意的。"

晕，居然又叫我陀螺。我打断她，无语道："那你这次是故意的？"

小九姑娘头一次对我笑了，她说："陀螺啊，没什么不好啊，陀螺是一种转得很快的玩具啊，你那么聪明好学，一定会很出色的，出色的人当然要像陀螺一样运转……"

小九萌萌地结束了她给陀螺，哦，不，给我的定义，在一群女生的起哄声中，微笑着离开。

我愣在原地，忽然觉得，暗恋真好。

暗恋啊，它其实是一种魔法香水，不管小九喷给我什么味道，我总会品尝出甜蜜的味道。

毕业后的头两年，我的朋友、同学、同事，还有我那上初中的早熟侄子依然叫我陀螺。

我微笑地回应着每一个这样称呼我的人，从不进行纠正。

因为我每次被叫，就会想起小九，我的赫本，想起我们两个人会因为这个昵称而进入同一个故事里，就仿佛我们的关系已经更加亲密了。

可是，后来，当我像一枚真正的陀螺一样旋转在社会这个大舞台上的时候，认识了更多的人。

我进入了外企，很多姑娘的名字同赫本一样洋气，什么 Susan、Lily、Betty……有时候会议室、酒桌上，她们也花枝招展的，我真的是眼花缭乱。

但是，那些洋气的名字还是少了一种香醇的气味儿，不如赫本惊为天人。

我依旧在暗恋小九姑娘，我从各种渠道打探到她拿着一摞子大学时得的荣誉证书和出色的雅思成绩公费出国了。

也不知道她在大洋彼岸能不能感受到她的“陀螺”的运转速度，反正，我是真的严格按照她所希望的那样，拼命旋转、拼命努力、拼命成为更好的自己。

我在毕业时签的民营企业只待了三个月，就带着别人一年才能学到的经验和技术闯到了北京，到了她从国外回来一落地必须经过的城市。

闲暇之时，除了健身就是读书进步，我从一个像极了陀螺的微胖青年变成了一个成熟稳重的欧版大叔，也从一个无所谓梦想不知道追求的男学生变成了一个勇于折腾敢为人先的吃螃蟹的人。

我终于变帅了，也终于成立了自己的公司。

然而，传来了小九另嫁他人的消息。

呵呵，对呀。

我只是暗恋，小九从来没有说过要等我啊。

后来啊，我成了某总，喊我陀螺的人越来越少了。

再后来啊，有一年过年的时候，我和一个叫作雪梅的姑娘领了结婚证，在老家办了乡风很浓的婚礼。

其实，雪梅身材高挑，面容姣好，还能在工作上助我一臂之力，我们很般配，只是，她的名字有点土。

有一次，我问她：“你为什么叫雪梅啊？我感觉好土啊。”

雪梅白了我一眼：“就你的陀螺不土啊？”

我呵呵笑了，差点忘记了我还有这样一个昵称，差点忘记了这个昵称的另一面连着一个叫作赫本的美丽姑娘。

我说：“原来你也知道啊。”

雪梅说，她什么都知道，她还知道赫本呢。

但是她更知道，慢慢悠悠的人生岁月太长，长到，有一些名字，我们终究都要忘记的。

谁不曾在自己的青葱岁月遇见像赫本一样美好的姑娘。

而后来，谁不是在悠悠时光的摩挲下，幻灭了那个美丽的泡沫。

嗯，再见吧，奥黛丽·赫本。

世事浮沉，我心悠然

Part IV / :

第四部分

和对的人，千回百转

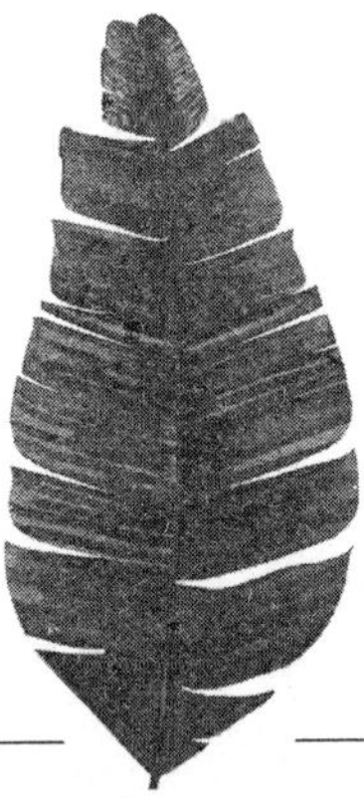

嫁给初恋，比你想象中更不容易

故事很长，十年，一波三折，可是，这是真实平凡的生活。

辛月是我的大学室友，自从大四“黄昏恋”飞速火了一把之后，人间蒸发，再无音信。

2014 年 12 月，不知从哪里搞到我的 QQ 号码，提起让我写写她的故事。

我说：“除非你告诉我为何人间蒸发。”

辛月说：“埋头修炼女神都不可以？”

女神？你当我不认识你？

怎么说呢？

女人嘛，比外貌，比身材，比谈吐，比家境，比一切。

而辛月，是这一切比较的落败者，小眼睛、塌鼻子、圆滚滚的身材，对天文地理没有研究，父母不是官富也。

这般底子，却生来浑身闷骚劲儿，就爱追男生，越白净的越喜欢追。

结局都一个熊样，真是每次都败得让人心服口服。可是，她常常自嘲道："我的人生赢就赢在没法再输。"

好在天下何处无芳草，在我们就读的师范学院，各路货色的校草一片一片的，辛月无数次前赴后继地倒在他们的毒舌嫌弃之中。

即便如此，遇见喜欢的，辛月仍然会屁颠屁颠地抬笔过去大抒爱慕情怀。

就这样，四年下来，辛月还是一无所获，空余满腔春怀送不出去！

我已经懒得伸手搭救这位痴呆女子了，她的爱情永远是单程车票，又永远上不了车。

崔晓林说天无绝人之路，辛月她绝顶聪明。

她的故事就由崔晓林拉开序幕，并陪她演了下去，一路跌宕起伏，甚为经典。

2007年夏天，轰动整个中文系的大事件之一就是崔晓林和辛月的"黄昏恋"。

因为在别人都忙着考研找工作、忙毕业的时候，这俩人淡定的表现和弥漫着硝烟战火的毕业季格格不入。

一个固执地不投一份简历，揣着一支笔转战国考省考公务员选调生事业编，一场不落，场场败北。

一个忙着给学弟送情书送饭送温暖，等被学弟数个白眼翻醒之后，才惊觉自己已经站在辅导员办公室，眼泪鼻涕地要求把她补送到实习单位。

后来崔晓林和辛月毕业即恋爱的时候，其他人才恍然大悟，他们如此般配。

那可不，考公务员和找对象那是一样一样的，上岸之前谁都得挫败无数次。

崔晓林的“考公”和辛月的恋爱都只成功过一次。可，只一次也就够了。

据说，当中文系毕业班大部队都去济南报社实习的时候，这姗姗来迟的俩人无奈组成了一队随后跟了过去。

在学校的时候，俩人还是同学，到了济南，就已经成了恋人。

有人问崔晓林，怎么回事，老崔傻呵呵地应付：纯属捡的，捡的……辛月却说，我用人格魅力征服了他。

总有些好奇心重的人会把事情转折的关键情节给挖出来，让真相大白。他俩的结合就是一个段子。

在去实习单位的大巴上，两人有些无聊，崔晓林提议脑筋急转弯。

“宝玉无玉，袭人无衣。”由崔晓林先提问。

辛月开心回答：“‘宠’啊。”

然后，崔晓林先是一愣，后是惊喜得要哭了，他激动地说：“你是回答这个问题回答得最快的人！辛月，你爸妈生得你绝顶聪明啊。”

接着又一激动，双手就按住了辛月的膝盖。

据辛月闺密那里传出来的话头儿是这样的，这么美好的感觉飞来全不费功夫，辛月用尽力气追过那么多白净男生，都不抵崔晓林的突然一握。辛月脸红了，羞涩地低下了头，没有抗拒。而崔晓林看这状态，更不敢松开手了，怕辛月下不来台，索性抓住了她的手。

然后，再也没有松开。

再也没有松开！

在济南的车站外，过马路时，崔晓林发现两个人的行李多得一人一只手完全拿不下。

即使这样，他依旧没有松开。最后，崔晓林打电话叫同学来车站接的他们“两口子”。

人家二人在众目睽睽之下上演磐石无转移的现代版“手就是不松开”。

某次，当一众姐妹正在谈论这段传奇佳话时，把所有的缘分归功于“宝玉无玉，袭人无衣”这个字谜。

有一位姐妹突然幽幽地说：“很好猜啊，我也能把答案脱口而出啊。”

2008年春天，毕业半年。

崔晓林在如愿以偿地成为人民公仆之后，工作之繁忙沧桑很快让崔晓林变成了老崔，老崔絮絮叨叨地要求辛月也参加各种考试，争取早日加入他们的队伍，好凑一对真正的“革命伴侣”。

可是辛月仍旧忙着做花样美食织专属毛衣，心无旁骛地爱着，与上学时的花痴状并无二样，只不过所有爱意指向了老崔。

她压根没想过考试，没动过这个心思。在她的心眼里，女人读大学最大的收获就是跳出村大门，找一位才貌双全的爱人。

也难为她了，抱着目标寻寻觅觅四年寻得如意郎君了。

当年，老崔作为中文系的一根男生独苗，也是颇受关注的。身高180cm，身板儿笔直笔直的，皮肤黝黑，健康又有活力。

坚持单身但是不乏女人缘，这也是他和辛月的“黄昏恋”轰动院系的一大原因，怎么看怎么不般配啊。也就莫怪总有女生酸溜溜地说“那字谜我也猜得出啊我也猜得出”。

辛月爱上老崔，那是花痴随便爱的。老崔爱上辛月，那是未解之谜啊。

工作后，老崔周遭的环境就不只有酸溜溜的女生那么单纯了。老崔人实诚又踏实，单位的领导大姨们纷纷给他介绍对象。

辛月还是笑嘻嘻地傻站在老崔旁边，丝毫不介意。有朋友提醒她毕竟没有结婚，老崔工作又好，多上上心看好他。

还有人说，你看她从来不接你下班，也没见送你什么礼物，心里是不是没你？

辛月说，没关系，他对我只要和对他的女同事一样好就可以了，我就很满足了。

就这样，他俩不咸不淡地谈着恋爱，辛月一边上班一边挖空心思地对他好。老崔的工作也如鱼得水，很快转正破格提了副科成了科室临时负责人。

那天，老崔接到局里老大的任命通知时，兴奋激动得无以言表，带着女朋友辛月去他们的小县城下了一次馆子。

哦，对了，辛月毕业就跟着老崔去了老崔的家乡，离自己家二百多公里的县城。

为了攒钱买房，他们的饭通常是辛月用简单的白菜萝卜做出的花样。下一次馆子，辛月极其开心。

吃饭吃到一半，老崔突然说，把证领了吧。

辛月睁大眼睛：“毕业才不到一年，也没有房子，为何这么急？”

老崔：“别人瞎传，你不怕？”

辛月：何炅说了，安全感是自己给自己的。蔡康永说，爱情是一个人的事。崔晓林，我爱你。

哎哟酸死。辛月给我讲这一段的时候，告诉我说：“饭饭，你们都看见了我不停地追学长追学弟甚至追老师。可是只有老崔一个人听见了我说的那句我爱你。后来，在婚礼上我也没有再说过。”

我才懂，他们那顿饭的意义，辛月那句话的分量。

我问吃的啥。她回，兰州拉面，他盖饭我拉面好喝的高汤管够。

如今，常见被物欲消费的爱情，却鲜见在兰州拉面高汤里管够的真情。

辛月嘴里的兰州拉面，我也同样有珍贵的记忆。那时候，我和宫先生同吃一碗，他讲一个笑话，俩人放肆大笑。

宫先生说：“幸福其实很简单，穷得俩人只吃一碗面，还能笑出声来。”所以当辛月缓缓吐出他们和我们如出一辙的故事时，我心里温暖涌动。我猜，生于“八0年代”的人们，爱情或多或少都与一碗兰州拉面有关。有多少人在毕业后不敢踏进面馆，生怕自己被一句“老板，再来碗汤”带进回忆而热泪盈眶。

看着越来越入戏的我，辛月扑哧笑了：“哎呀，没那么苦情，还有一盘大盘鸡哦。”

后来呢？你们就这样领证了？

“是啊，不过领证的真正原因是，领证后我就可以把户口迁过来，就可以报名本地的事业单位考试了。”

“哦……”热爱行政工作的老崔连领证的理由都如此和政治贴近，怎一个忠诚了得。

辛月叹了口气，说：“可惜迁过来户口才研究明白，只有本地生源才能报考，在本地高中毕业的才算。”

哈哈，白结了。

2009 年秋天。

小县城的天显得有些萧瑟，他们小两口儿的生活从童话走向现实。

辛月开始抱怨每天坐很久的公交车去上班，没有座，下班时还要忍受挤来挤去的一路颠簸。更要命的是没有座她都不能一趟到家，经常半路下来去菜市场再拎着菜挤回公交车。

七点到家，八点吃饭，九点做完家务，等到终于可以休息，又发现老崔兴致盎然地看着自己，噢，god。

日复一日，疲惫在吞噬着辛月的热情。

辛月花在做美味佳肴上的心思越来越少，惹得老崔经常皱眉头，还不识趣地发言说办公室大姐说哪个菜怎样做好吃。

老崔则在单位做得顺风顺水，老大将得力爱将调到了办公室做他的大秘。办公室那可是花枝招展的年轻美女的阵营。

老崔在她们的包围中，一开始经常被她们大尺度无底线的女性讨论臊红脸。久而久之，竟然也能参与到女人们的插科打诨之中，而给工作添点乐子了。

回家，面对本来就不怎么漂亮的老婆辛月，他心里也就起了微妙的变化。

很普通的一天，夜深。辛月睡着，老崔写完什么总结爬上床试图摇醒自己的妻子亲热一番，却发现辛月没有睡。

老崔问："你今天怎么了？"

"没怎么。"

"那怎么还没睡？"

"等你。"

"以后就不要等我了，我现在在办公室，局长有开不完的会，我就有写不完的总结。"

"是啊，你一头扑进工作，想不完的心事就全丢给我了。"

"心事？什么心事？我们不挺好的吗？"

"婚礼呢？房子呢？孩子呢？"辛月狠狠心把一切丢了出来。

二十一世纪，一纸证书不是婚姻。盛大的婚礼、自己的房子，加一个爱情的果实才能让婚姻触手可及。

当初凭着少女情窦初开的无畏，爱上一个穷得叮当响的男人，并不曾想过这一天会这么近，辛月也在期盼爱情落地、婚姻扎实。

老崔沉默了好久，说："都有证了，你还不相信我？"

辛月说："相信。我只是说说我的心事。没事了，睡吧。"她翻过身抱住老崔，俩人沉沉睡去。

从那以后，俩人都发生了变化。

辛月回家开始沉默，心里装满心事的样子。而老崔就干脆不回家，经常俩人一周都说不上一句话。

一日，老大在身后喊老崔："小崔，我明天八点的会，今晚的稿子交给你啦，呵呵。"

"放心吧领导，我已经安排给小乔了，那可是北大中文系的，保证比我的有创新。"老崔丝毫不敢怠慢领导的安排。

"不行，明天可是市里各大局一把手的总结会，可不能交给新人，还是你写吧，哈，辛苦了。"老大拍拍他的肩膀，走了。

老崔转身给小乔打了个电话："小乔，今天的总结写完发给我就行了，我先看了再给局长。"

下班点到了，以前那么爱加班爱表现的老崔此刻顾不得留恋岗位了，骑着自行车消失在局大院。

单位大院里的同事即使没有大来头，也都家境不错，像老崔这样只身奋斗还穷得叮当响的年轻人不多，很多"八0后"的同事也早就开车上班了。

院里停放的各种轿车让骑着自行车、穿着一身便衣的老崔显得格外渺小，他也就骑得越发飞快，想尽快离开这个让他同时感到骄傲与尴尬的地方。

公路上蹬车的双腿很快乏力,汗湿透了衣服,老崔张着嘴喘着粗气，穿梭在小县城的大街小巷。

自从那天辛月想要婚礼想要房子，老崔就这样隔三岔五地在街头巷尾穿梭，记不清这是多少个夜晚了。

九点、十点、十一点，小乔来电：“崔哥，稿子已经发你邮箱，我睡啦。”

“好的。”

说到那天，辛月哭得稀里哗啦，矫情地和我哭诉：“我的青春只遇到过老崔一个人，我那时的生活被老崔一手遮天，你懂吗？一手遮天是褒义词，褒义词！他给我爱情给我欣赏给我婚姻给我安全感。可即便如此，我还是挣扎着从他的手指缝里找到了那落进来的一滴雨。这滴雨将我对老崔的爱淋成一个落汤鸡，我才发现原来我已经无处可逃。”

“你怀疑到了他和小乔频繁的通话？对不？”我安静地问。

“是的。看来所有女人都是一样敏感。”辛月对于我的猜中并未感到意外。

“你闹了？”

“嗯。”

“怎么闹？”

“给他做好吃的，不停地做，每一餐都恨不得满汉全席，和他在一起以来头一次这么挥霍,拿着他给我的生活费可劲儿花可劲儿做饭。”

瞧，没有身家背景没有貌美如花的辛月如此可爱，连生气都让人留恋到欲罢不能。

隔三岔五，当老崔不去蹬自行车回家吃晚饭的时候，发现了辛月的反常，开始几天他配合着大吃特吃，却见辛月不怎么开心。

问辛月怎么了，辛月只是垂泪不说话。

直到第五天，老崔也开始置气，不言不语，只管闷头吃大餐，一盘光了，再光一盘，一杯杯啤酒下肚，酒菜佳肴在胃里发生了化学反应。老崔一张口，哇的一声来了现场直播，刚才怎么吃进去的又怎么吐出来了，甚至没来得及去洗手间。

辛月这才急了，扶着老崔大哭："你干吗啊，干吗啊，你以前明明是个话痨，现在竟然宁肯吐也不和我说话了。你干吗啊你……呜呜呜……我呢，我又是干吗啊干吗呀，我们这是怎么了？"

老崔虚弱地问："是啊，小月，我们怎么了？"同时，眼神无奈地看向她，却仿佛写满问心无愧。

辛月愣住弱弱地回答："我瞧见了你的电话，和小乔频繁通话。可是……"说着说着，辛月都很无力，连她自己都说服不了自己，频繁通话又能怎么样，又代表不了什么。

还是那句话，我们带着一肚子怨恨走了很远的路，一回头却发现根本没有什么事情，无非是一种强加给自己的情绪。

老崔起身，隆重地抱住辛月，两人都没有说话，听着时钟嘀嗒。

原来在一起已经快两年半了，熟悉早已将新鲜取代，爱也衍生出不少平淡。

就在辛月以为一切回温的时候,她沮丧地发现老崔依然经常晚归。

在一个下雨的夜晚，在家里绣十字绣的辛月终于按捺不住火性，披上雨衣夺门出去，徒步开始十里八街地寻找她的丈夫。

她都想好了，虽然自己不善言辞，但是她这一次一定要表达出来，她要和他谈一下她的心里话，说说那些让自己憋屈和苦闷的事情。

天气也格外配合，雨越下越大。辛月深一脚浅一脚地穿梭在雨里，没有来由的悲伤轻易地惹出她的泪水。

城市那么大，到此还没有她和老崔的家。

雨这么哗哗地下，没有老崔她忽然害怕了。

就在情绪崩溃之时，一个人大唱着周杰伦的《菊花台》从身边呼啸而过。而那车轮车闸车链子配合出来的吱嘎声，分明很熟悉？！

是老崔的坐骑宝马！辛月曾经在那个后座上吃着爱吃的上好佳感叹过人生的幸运。

雨雾中，尽管自行车后座那高高架起摆放有序的几大桶水把老崔的背影全部挡住。辛月还是知道，那用力蹬着的男人，正是她前一秒还在埋怨的丈夫。

灯火辉煌的小县城，承载不住老崔那时的愿望。

愿望，生之遥远，灭之生疼。老崔不过想给辛月一个家，一个用来承载他们爱情的房屋。

办公室的女人们个个花枝招展，阳光明媚。在老崔看来，却不抵辛月戴着手套洗碗洗衣服的背影来得真实。

他要给这种真实一个承诺，他选择了下班后兼职赚钱。

辛月看着雨里的老公，鼻子一酸，开始哗啦啦地流泪，她带着哭腔大喝起来："喂，送水的！送水的……"

老崔听见，刹车，脚落地，回头，看见辛月，愣住。

四目相望的瞬间，一切积雪融化。

辛月扑过去，两人抱在一起，这场危机算是在生活的尴尬中结束。

辛月说：当看到雨雾中高歌的老崔，傻乎乎的自己忘记了一切，只记得歌词写得真好……

你的泪光　柔弱中带伤
惨白的月弯弯　勾住过往
夜太漫长　凝结成了霜
是谁在阁楼上　冰冷地绝望
雨轻轻弹　朱红色的窗
我一生在纸上　被风吹乱
梦在远方　化成一缕香
随风飘散　你的模样
菊花残　满地伤
你的笑容已泛黄
花落人断肠 我心事静静淌
北风乱 夜未央
你的影子剪不断
徒留我孤单在湖面　成双
花已向晚　飘落了灿烂

凋谢的世道上　命运不堪

愁莫渡江　秋心拆两半

怕你上不了岸　一辈子摇晃

谁的江山　马蹄声狂乱

我一身的戎装　呼啸沧桑

天微微亮　你轻声地叹

一夜惆怅　如此委婉

……

2009年年关将近，老崔正式迎娶辛月过门，在老崔的农村老家办了很隆重的酒席。

辛月笑靥如花，美得让人心碎。也是，辛月的第一桩心事了却。

据说，班里去了不少人见证这一对“黄昏恋”修成正果。有人笑着祝福他们白头偕老，也有人哭着呢喃自己和初恋的分道扬镳。

讲到这一段的时候，我依稀记起高中时一位美女同学曾经说过：一个女孩如果能嫁给自己的初恋，那么就会幸福一辈子。

我问辛月，是这样吗？你感到长久的幸福了吗？

辛月诡异地思考了一阵子，最后说：“嫁给初恋会不会幸福一辈子我不知道，但我知道我会一辈子用力。”

2010年秋天。

老崔和辛月当上了房奴，相中的房子首付不过三万，他们攒了些又凑了些终于够了。

交了五千定金，当晚，两人开心得睡不着，决定去新房周围玩耍。

那里刚好有一条小河经过。老崔捡起脚边的施工石子饶有兴致地往河里扔，辛月笑眯眯地看着他。

假如时间能够定格。辛月说，她一定会阻止老崔扔什么石子，可是时间不会重来。

老崔开心过度，让石子飞得太密集，以至于飞到了路过的两个醉汉身上。

醉汉本来就借酒浇愁，飞来石子砸中自己，甚是恼怒，对着老崔和辛月破口大骂，还推搡了辛月一下，老崔为显男人气概，和两个醉汉扭打在一起，当然不是人家两个人的对手，被揪打成轻伤。

而辛月也在混乱中跌倒，莫名其妙不省人事。

醒来的时候，辛月已经躺在医院里了，查出怀孕，有点出血，经过保胎没有大碍。可是，医生叮嘱三个月内尽量在家休息保胎，不能上班了。

老崔小心地在医院陪护了几天，回家后第一句话便是："那房子不要了，晦气。"

辛月说："那定金不就瞎了？"

"瞎什么瞎，也不要了。晦气。"

"哦。"

辛月说在她和老崔的情侣关系中，她一直处于附属地位，什么大事小事只要老崔提出来，她肯定没有意见。

可是那时候的她太渴望有一个家，有一处自己的房子。

辛月心疼那白花花的银子，更心疼那即将到手的新房。可是，当着老崔她没有反驳。房子的风水如何，她心里也没底。

她心里失落了好久，最后决定自主一回。

辛月偷偷地关注房子的消息，又偷偷地挺着大肚子去看房，她那时候一根筋地认为必须在儿子出生前买上房。

当老崔接到辛月的电话让取钱交首付的时候，大吃了一惊，辛月已经将房子看好了，就差办手续了。

不过，条件还都算合适，两人开开心心地当上了房奴。每每提起这件事，老崔总会得意地说那时候多亏了我老婆，不然房价照这么个涨法，我们还不知道何时能买上呢。

2011 年五一，房子装修完毕，他们的儿子也咿咿呀呀的了，一家三口快乐地搬去了新房。

日子仿佛过得蒸蒸日上，他们成功地把共苦的阶段迈了过去，马上就要同甘了。

老崔邀请一众同事来家里温锅。

可是，温锅那天老崔的表现，让辛月着实大吃一惊。

毕业四年，他们忙着安家立业，辛月没有注意到身边这个男人已经变得一身官场气息。

只不过，在家里面对辛月，他没有表现出来。

老崔已经是办公室主任，正科实职。那天在厨房，辛月听着老崔张口闭口地夸赞小乔姑娘。

“咱们系统里年年进新人，年年来一批侏罗纪宠物，只有小乔你是一个例外啊例外，啧啧，真靓丽。”

“小乔有男朋友没？瞧瞧这身段，这小蛮腰，不少追你的吧？”

旁边的同事跟着起哄：“哪还敢有男朋友啊，谁不知道小乔是您崔主任的首席大秘啊……”

“哈哈哈哈，来，都干了干了，小乔陪上。”老崔很开心，都说酒量和心情有关，老崔椅子旁的啤酒瓶已经排不下了。

辛月端着西红柿牛腩上菜，老崔的下属有一个小伙子赶紧起身接过去：“哎呀嫂子，别忙活了，都吃不完了，赶紧坐下，一起喝两杯。”

“不忙活，你们多吃就是给嫂子面子，来，尝尝这个汤淡不淡。”辛月笑着张罗。

“呵呵，我嘴淡，你们嫂子做习惯了，都尝尝先。”老崔笑呵呵地一边说一边朝辛月点了下头。

刚才的小伙子一看，又开始说了。

“都说崔主任有一位贤淑的好内助，上得厅堂入得厨房不说，还开得起玩笑。好嫂子，佩服佩服。”

辛月微笑着接受了这些话，眼神顺便扫了一圈，望见小乔略显惊慌的眼神。

可怜小姑娘了，刚进入这个男人居多的系统，不够适应。辛月绕过去拍了拍她的肩膀：

“他们男人喝酒，你别闲着，赶紧夹菜多吃。”

然后她去厨房继续忙活菜了，耳朵里还是时不时传来老崔对小乔说的讨巧话。

呵呵。

做菜期间，辛月做了个决定。

是什么呢？

2012 年春天。

过去的那一年，对辛月来说，才是真正的女人时期。用她自己的话说：“从一个付出型的女人变成一个真正的女人，这种观念的转变只用了一顿饭的工夫。而事实上的转变，我仍然在路上。”

和她一起回忆的时候，我对这一段颇感兴趣：“这就是传说中的屌丝逆袭女神的开端？”

“说教无用，我给你讲一个启发。”

“OK。”

“2011 年春晚，林志玲上台了，中国大多数男人不淡定了。别人我不知道，我们家老崔本来春晚看得索然无味，到志玲出场时却不停地端杯子喝水放下，端杯子喝水放下。那一个节目，老崔至少喝了十几次水，并看得津津有味。那时候我取笑了他一句‘咋那么不淡定’。不久之后的五一温锅，老崔对着年轻漂亮的小乔恭维不已，我再回想春晚林志玲出场那一幕，有些东西忽然开窍了。”

“所以这一年你不停地减肥塑身买衣服学化妆？”

“不。所以我收回了部分爱老崔的心思，用来爱自己。”

“你得出什么结论？”

“结论没有，倒是有一堆事实。我的手机过去十天半个月都不会有一个老崔的来电，现在一天好几个，每次开口就问‘老婆你在哪里你在干什么’。”

说起这些，辛月并没有多骄傲多炫耀的幸福感。

她像一个下笔老练的编剧，突然笔锋一转，莞尔一笑，说：“你以为到这里就上演家庭幸福天下太平了？那你就大错特错了。”

老崔在行政单位干了五年了，除了练就一身刀枪不入的本事，还有让人五体投地的虚伪！他对每个人都仿佛掏心掏肺地设身处地，身边拉拢来无数亲信。

而他滴水不漏的处事风格，稳重大气的工作作风，也轻而易举地拿下了小乔，那个在老崔身边度过无数个工作日的小姑娘。

朝夕相处难免日久生情吧。

辛月落泪了：“他们之间已经不是当年多打几个电话那么简单了，小乔对老崔的仰慕我已经完全看在眼里。”

“我回看自己的家庭主妇身份和小乔的差距，危机感突然来袭。还好，我的一切开始步入正轨。我有了工作，有了事业，还做得不错。可是，我越是努力，越是美丽，老崔就越是痛苦。我看得到他拿着手机低头暗暗发笑的样子，也看得到他偶尔撞见我的新衣服时转瞬即逝的惊喜。”

我终于忍不住问辛月：“你们学生时代的爱情遭遇了危机？”

她回：“至少那时候，我和老崔之间的精神对抗，很折磨人。我相信他只是精神出轨了……”

那怎么办?

辛月选择了闭口不问老崔在单位的事，老崔晚上的应酬只要不过十二点她坚持不打电话，也假装无视老崔对手机的紧张。

她明白老崔那一天好几个电话找老婆，无非是心理上的一种内疚。

我问：“你是真不担心还是假不担心啊？万一他俩真就有实质性进展呢？”

“真不担心。他们那种单位，党替我看着他们呢。”呵呵，我分明看到了辛月眼底的苦涩。

后来呢?

后来啊，就到了2013年元旦。

小乔大婚，老崔带着辛月参加婚宴。新郎帅气而高大，比老崔多了些阳光气息。

辛月看到小乔开心地笑着，还过去一本正经地敬酒。老崔端着酒杯一饮而尽，然后看着红颜离去的背影苦笑一声。

一切，尽收辛月眼底。

老崔一直以为辛月什么都不知道。可是那天，辛月像个男人一样搂过老崔的肩头，笑嘻嘻地说：“喏，她都已经嫁人了，以后相依为命的还得是老夫老妻啊。”

老崔尴尬地说：“说什么哪你。”

辛月转移话题说：“老公，我不爱吃海参，你把我这份也吃了吧。”

是啊，机关大院哪届不上演这样的故事。可是，人海茫茫，哪里会有像老婆一样的姑娘。

我问辛月："那经历这么多，你感觉他还爱你吗？"

"爱？饭饭，生活之中常见柴米油盐酱醋茶，哪还有爱的字眼儿，就算有，也肯定游离在琐碎里，看不见摸不着啦！"

辛月给我讲她的故事，到处充满说教，我很是不满："老大，你别一口一口的哲学味儿，继续讲故事。"

"没啦，我这也不算故事，普通的一对夫妻之间的一点摩擦。"

"谁信？那你这两年干吗去了？"

"闷头进步，闷头赚钱啊。"

我不屑，又问："你为啥从毕业就销声匿迹了啊？"

辛月沉默了好久好久，久到我把前面的故事大纲都快整理完了，她才突然开口说："我没有消失，我只是不爱晒。遇到老崔，就是我中的彩票。你看见有谁中了彩票到处说，还不是偷着乐。"

我抬头嘲弄地看了她一眼，就这样，还算彩票。

她又喃喃补一句："领奖的过程跋涉了点，嘿嘿。"

2014 年冬天。

我的稿子快完结的时候，我给辛月去电话。接电话的却是老崔，因为都是同学，我和老崔聊起来也很随便。

我说："怎么是你接电话？辛月呢？"

老崔："她在洗脸。"

我嘟囔着："每次都在洗脸，拿这个脸真要紧。"

老崔：“是啊，先天不足，后天找补。”

我呵呵笑了：“那还不赶紧外头再找一个先天美丽的？”

老崔可能也知道我在写他们的故事，赶紧澄清道：“她什么样都好，反正，我就她一个。”

“哦？”

老崔又补充：“外面……偶尔过过嘴瘾而已。”

温水煮来了青蛙王子

我有一个老同学，在爱情的规则里算十恶不赦，在职场的道路上却又呼风唤雨。

他的名言就是：情场一定不能太得意，否则好运气会失在职场，混不好职场，赚不到钱，就泡不到好妞，这样一环扣一环，就会恶性循环……

他的女朋友没有超过两个月的，不是以他的若即若离结束，就是以对方的歇斯底里结束。

他把自己塑造成一个痞子一般的青年优秀人才，三十好几仍然孤身一人，滚战情场和职场，背后有无数痴情女子在黯然神伤。

当然，这是前年的状态了。

这两年我忙着和小情人叽叽歪歪，几乎淡出了同学聚会，也在朋友圈隐匿起来，并不知道他的现状，不知道狡猾如他，有没有被什么女人降伏。

前不久，因为工作关系他来到青岛提出蹭饭要求，我欣然答应，一则是许久不见的老同学着实想念，二则是着实想念。

我提前两个小时来到33层旋转餐厅，挨着看完热菜凉菜热饮冷饮糕点冰激凌菜谱后，我坐在窗边，看所谓全区的风光。

老公给我来了个电话，说和同学吃完饭他会来接我。放下电话，我看到四年没见的老同学领着女助理姗姗来迟。

寒暄几句，发现老同学即使分别再久也不会有陌生感，他说“你依然不会打扮，小心你老公厌恶哦”，我说“你以为男人都像你一样动物性天天爆表啊”。

然后，我们就坐下开吃了。

女助理叫灿灿，她穿着职业装，素颜，笑容恬淡，温和少话，给人一种十分舒服的感觉，看得出对自己顶头上司的口感嗜好和生活习惯十分了解。

忽然，我发现老同学端起灿灿的热饮尝了一口，自然到他并没有发现我很惊讶，他把热饮递给灿灿，说：“小心烫。”

我问：“你不是说带你助理来吗？！我怎么觉得不像？”

他说：“呃……生活助理，生活助理。”

灿灿恬淡地笑着，说了一句让我大跌眼镜的话：“结婚时他加班没带我出去玩，现在几乎一有空就带我在国内走走，三两天也挺好的。”

后面的我不在意，真正让我诧异的是，几年光景，就能扭转自己的婚恋观而甘愿迈入围城，看起来情场真够得意的。

我问他：“你失业了还是降职了？”

他瞪大眼睛，表示很吃惊：“我上市公司高管做得好好的呢，何出此言？”

我笑着说：“我听人家说，情场得意，职场就会失意，看来在你身上不灵啊。”

他哈哈大笑起来，说：原来你还记得我这名言呢，早就过时了，我们的价值观和爱情观也得与时俱进嘛。

灿灿也在一旁哧哧地笑了起来，看着他说：“你说你到底祸害了多少女人，怎么走到哪里都会有人揭你的短？”

老同学赶紧打圆场：没有没有，再多的道理也不如一次实践。我还是乖乖地跟着你实践吧。

唉，人家两个人打情骂俏，让一旁的我醋意大发，也不管什么情商礼节了，索性想问什么问什么吧。

我说：“老同学，和灿灿谈了多久？”

还没等他说话呢，灿灿说：“记不得啦，我是千年备胎转正，也不记得正式被翻牌子的时间了。”

既然灿灿打开了话匣，故事得来就很容易了。

就是那种特经典的浪子回头发现身边赫然站着一个好姑娘，突然就改邪归正一心一意地爱一个人的老故事嘛，不再赘述了。

饭毕，他为灿灿拉开出租车后座的门，塞进去，然后自己慢慢移进去，握她的手，离开。

我和他们微笑着挥手告别，600度近视的我忽然感觉眼镜像被蒙上一层热油，什么都看不清了。

那时候，已经是夜晚九点，青岛的夏夜依然热闹，我的心却突然寂寥成大片大片的空白，记忆来到二十六岁那年。

陈雄第一次向我告白，我那欣喜若狂的样子。

我和陈雄是大学四年的同学，没有交集，却在毕业后签了同一家公司，陈雄说："近水楼台先得月，怎么样，我们处个朋友吧？"

我忙不迭地点头："好啊好啊。"

虽然我知道他朝三暮四的脾性，但依然想成为那个他会为之改变的女孩子。

那时候的我聪明上进能说会道，职场混得如鱼得水，不差于陈雄。我感觉自己浑身都是智慧和魅力，觉得陈雄的恋爱史到我这里就是终点站。

我兴致勃勃、兴高采烈地驰骋在我们刚展开的恋爱中。

然而，不到一个月便分手了。

我死活不答应，非得问出个所以然来。陈雄说："我不开心的时候你也不开心，我加班的时候你除了做饭还是做饭，我想吵架的时候，你蔫了吧唧的像个闷葫芦……”

我说：“你知道我可以改的，我改我改，你还没有深入了解我，怎么就能给我判死刑呢？”

陈雄挥挥手，说：“不用改，我走啦，拜拜。”

真让人不甘心。

你猜对了，陈雄就是刚刚这位来向我炫耀新婚的老同学，我就是他身边曾经战败过不到一个月的某任女友。

他于我是初恋，而我于他，则是芸芸众前女友之一，究竟有多前，大概他已经把我踢出女友行列了吧。

不然，怎么会如此自然地和我吃饭叙旧，仿佛真的只是老同学。

为什么？同样都是恬淡，同样都是深夜为他做饭，同样都是在他不开心的时候陪他不开心，同样都是他想吵架的时候沉默。

有人却轻而易举地降伏了他，我却被分了手。

眼泪差一点就在为错过的初恋滚滚而落，老公的电话来了，他说：“我已经到啦，看见你啦，上车吧。”

我老公姓李，外企中层，在我从北京失恋滚回老家那年认识的，是邻居王阿姨的外甥。

第一次见面时我对他无感，是我妈妈去王阿姨家坐了三天把我推销过去的，我妈要求王阿姨她外甥联系我，撒谎说我性格内向，不善与人沟通，尤其是感情方面，更是一个没有开窍的傻子。

这些，都是老李原封不动地讲给我听的……再后来我妈把我塞上他的车子数次，最后一次是塞上了迎亲的婚车。

我一直以为我不爱他的。

我们平淡地结婚、生娃、上班、闲逛，平淡到都没有一次歇斯底里的战争。

我上了老李的车，老李絮絮叨叨地说："怎么仿佛不开心？一副失恋了的样子，三十好几的人了，别搞笑行吗？"

然后我的嘴巴突然像被上了弦一样，开始不停地讲陈雄的故事，讲他之前如何不靠谱，现在又如何弱水三千只取一瓢饮。

当然我把我是陈雄的前女友那段隐去了。

老李笑着回应我："你觉得陈雄的选择奇怪啊，我觉得不奇怪。**这世上啊，所有的一物降一物，都是一人等一人。**灿灿是他的女助理对吧，你也说了本来是真的工作助理，暗恋成真，真成了生活助理。想必不知道陪伴了他多少次分手，又温暖过他多少次孤独。她一直在耐心地等他长大成熟呢，这种爱天下无敌，再来几万个前女友也无人能敌啊。这有什么不好理解的，说白了，你那老同学是人家温水煮来的青蛙，跑不掉啦。"

我听完，心里的爱情观和婚姻观仿佛突然被刷新了，这个老李，逻辑思维、总结表述能力还挺强啊。

我这才回想过来，我们的认识过程，和陈雄、灿灿的故事虽不尽相同，但如出一辙啊。

老李从来没有逼我做他女朋友，也不强迫拉手什么的，就只是简单地陪我聊天吃饭甚至轧马路，越自然越接近。

现在他依旧保持着饭后陪我散步、遛娃、上下班接送我，甚至冬天给我暖脚的良好妇男形象。

而我，在他的带动下，竟然也不好意思性格过于张狂了，我为他煮饭备衣、不辞辛劳地带娃，都快乐在其中了。

老李像一个温暾的青蛙，一声不吭地把我一锅爱憎分明的滚烫开水，变成了一锅温良贤惠适合当妈当老婆的 37 度体温水。

而他自己，沉浸其中，优哉乐哉。

我说："不能再骂陈雄了，你才是真正的十恶不赦，你这种让人日久生情越来越离不开的老狐狸才最可怕。人家温水煮来个青蛙，我被狐狸熬成了温水，悲乎哀哉。"

老李说："但你忘了，狐狸等了千年才等来一场爱，不花点心思经营爱，那不是傻嘛。"

哈哈，明白啦。

陈雄下夜班回家，看到亮着灯的卧室和厨房里忙活着的生活助理，心会暖会知足。

一如我每个工作日下午五点半从办公室探出头去，看到老李的车等在楼下，老李英姿飒爽地站在旁边，那时的心情。

灿灿在等陈雄，而老李在等我。

我们都是个性之人，却总有适合我们的人等在人生的某个路口，等我们去相逢相识相知相爱相伴。

也许，我们内心深处都有遗憾错过，甚至不舍，但是要相信时光和命运终归会踏过万千红尘带给你一位无可替代的爱人。

然后，你们平淡地携手前行，将之前的记忆冲淡，再冲淡，直到完全释怀与遗忘。

毕竟，走过青春，扛起家庭重担的你我，最重要的幸福感来自那位日渐秃头、肚腩挺起的男子。

反正，我每次唤他老李，心中都会温暖涌动。

好看的皮囊有很多，有趣的灵魂更需要自我绽放

01

我在二十岁的时候，爱上一个二十八岁的青年才俊，个子不高，略壮，举止稳重，谈吐不凡，深邃的眼睛像一条长长的隧道。

那时候的我，总想换上一副好看的皮囊，对他抛个媚眼，得到他的准许，缓缓走入他的眼中，深入他的内心，去看一看他在想些什么、心里住着什么人和事。

可是，每次我都会在深夜顾影自怜，我在正当好的年华里，并没有拥有出水芙蓉般不施粉黛就足以倾国倾城的容貌，更悲剧的是，我的时间统统用来读书，所以也学不会对外形“三分天生七分打扮”的得体打造。

我深爱一个人，却自卑到难以启齿。

02

我朋友芳菲也没有好皮囊，但是她脸皮厚，心和手都灵巧，她穿着阔腿裤奔跑，涂着大红唇微笑，擦着白皙的粉底和热爱她的男人拥抱。

我好羡慕她。

她说我是作茧自缚，内心有深爱的力量，却无情地捆绑住自己原本自由的双腿和双脚，她问我：“你为什么不走上前去，接近他，接近爱情？”

我低下头回答：“有一种爱，爱到把自己低到尘埃里，因为自己知道，这场爱注定开不出花来。”

芳菲牵着她高大帅气的男朋友消失在毕业季，留下她身上那些盲目的自信供我诧异：

她明明不美，身材比例不够协调，凭什么交到才貌双全才华横溢的男友，还被宠爱得全校女生都向往不已。

她走后，二十八岁的青年才俊找到我，问我芳菲去哪里了，我说和男朋友一起迁到杭州了，他们毕业的第一枪打响在西湖湖畔。

才俊说，这么巧，我刚好也被派驻到杭州。

我躲在机场的角落，看着他带着不多的行李飞往另一座城市，发了微信给芳菲：“原来我的才俊，他爱着你，你让我如何赢得了你。”

芳菲没有回复我。

大风吹过五月的天空，我的耳朵里循环播放着《十年》，默默在心里写着我的歌词：

嘿，你很好，只是时间不凑巧，你将是我最长久的理想。

03

我决心忘掉不该爱的人，一头扎进天马行空的幻想里，不停地写小说，写爱情，写到我自己都开始信仰爱情的时候，时光已经过去了三年。

听闻才俊和芳菲成为很好的革命朋友，一起在行业标准方向闯出了一片蓝天，而芳菲和她的男朋友在成绩的支撑下，跳槽深圳，落户。

而才俊已然三十加一，仍然单身。

芳菲才有工夫回过头打听我，我不知道她是否还记得当年她对我的抱怨并没有理睬。

她问我："你怎么样了？"我说："成了起点上百万点击的总裁文写手，宅且快乐着。"她说："还喜欢才俊吗？"我说："不知道，都忘了他长什么样子了。"芳菲推荐一个名片给我："这是他的微信。"

这要是在三年前，我会捏着名片摩挲成百上千个夜晚，也绝没有勇气加他一下好友，可是三年后，我自己编写的故事将我打磨成一个闷骚勇敢的撩骚女。

我同才俊断断续续地聊微信，有一搭没一搭地开玩笑，时光过得飞快，才俊说青岛的夏天到了吗？我想去看海啊。

我说，不到啊，青岛四季都是春天。

才俊说，鬼话，我又不傻。

我说，青岛的美女太多，怕才俊沦陷，不要来。

才俊说，早已经沦陷。

04

才俊见到我，手里举着一个 iPad，打开一篇文章，调侃我说："写得出那么苏的文章，怎么文静得像一片树叶，飘浮而冷淡，让人无法捉摸。"

我内心在回应：怕被你看穿，怕被所有人看穿，所以把自己包裹得严严实实的。

可是出口就变成了："好久不见，你还那么帅。"才俊把iPad递给我，让我装进我的电脑包里，接过我的电脑包，带着我去了原本我很熟悉的城市吃了好吃的。

我说，这里应该是我的主场吧，你怎么比我还熟悉？

他说，提前规划好路线，安排好事宜，是一个追求者的基本素养。这是我玛丽苏小说里男主人公最常说的话，我不由得红了脸颊，不知道如何接话。

故事中的别人都是我的想象，只要是现实中的我实现不了的场景，我都会写进故事里，也不知道多少总裁文的男主都刻画上了才俊的模样。

才俊邀请我去本地的读书会，朗读情诗，好听的男低音回荡在时空隧道里，从前那个才俊和如今的中年男子是一个人，变了又没变。

变得突然对我感兴趣，没变的是还是一说话就能轻易俘虏我。

芳菲说："三年了，你仍然不敢开口吗？或者你已经通过写爱情文顺便将自己培训了。"

我也不知道，反正和才俊的微信聊天记录显示，我的才华已经在爱情路上绽放开来。

05

才俊说要带我去杭州，反正我是写文章的，到哪儿都可以工作，但他不可以，只给自己留了一个月的追求时间，快到期了，他要求我做个抉择。

一个月，足够我了解真实的他和我想象中是否一样，但不够我将这么多年的压抑瞬间喷薄出来。

青岛有个时装展，在他离开的前两天，我们同记者们在最外层看着身材一级棒面容一流美时装一流好看的模特，心里那个关于皮囊的小鼓又忐忑地敲打起我的内心。

我扭头问才俊："她们漂亮吗，你喜欢吗？"才俊专注得都没有扭头看我，认真痴醉地说："漂亮，喜欢，漂亮的猪，都会忍不住多看一眼呢，更何况美女。"

我哦了一声，开始痛恨身上没特点的白衬衣牛仔裤，恨不得找个地缝儿钻进去。

我忽然想起芳菲挂在嘴边的那句话：“好看的皮囊有很多，而且年久易废，有趣的灵魂却鲜见，越来越够味。”

这些年一旦我开始说服自己相信芳菲说的话的时候，自卑感就会如影随形地跑出来，击败我，就像那刻挤在人潮后，好不容易建立起来的自信全无。

我满面愁容地回家了，深夜收到才俊的撩拨：“我好看吗，你喜欢吗？”一样的问题是否需要一样的回答？

我眼一闭心一横，回：“好看，喜欢。你是一头好看的猪，我喜欢。”

才俊秒回：“可是我从来不用皮囊向你求爱。”

06

什么是有趣的灵魂，我觉得：

能够勇敢地和自己爱的人游戏暧昧，就是有趣。

你可以爱一个人低到尘埃里，但是没有人爱低到尘埃里的你，这就是爱和被爱的差别。

不主动爱，如何赢来被爱，如果一个内在丰富的姑娘始终不肯抬起眼角、张开嘴巴谈情说爱，就是无趣。

我跟着才俊去到杭州，芳菲从深圳飞来见我，我告诉她，终于明白了为啥她活得那么开心，那么招人喜欢、招人疼了。

因为勇敢大方才是女孩子最耀眼的美丽，这与皮囊无关，与才华无关，只有身上始终充满着青春的活力与热情，才能感染到别人。

我问才俊，我总结得对不。

才俊说，从前喜欢多才的你，如今喜欢幽默的你。

你瞧，好看的皮囊有很多，有趣的灵魂更需要自我绽放。

唯一地铁

每个姑娘都是触景生情的高手，你看，娟子就不能坐地铁。我们取笑她说，你这爱情道具取这么个交通工具，以后可有你受的苦了。

她却笑笑说：所有的苦难都可以化解，只要我不坐地铁。

在北京上学的姑娘都那么爱地铁，那里面有帅哥有文艺范儿，当然还有缘分。对于娟子不坐地铁的理由，我们都说她矫情。

据刘芒说，刚开学不久，为加深感情，班里组织去某个园聚会，记不清是圆明园还是颐和园了，浩浩荡荡的人马拥进四号线，几乎占满了一整个车厢，热闹非凡，同学们也都非常兴奋。

不羁的刘芒就是那时候突然站到地铁的夹缝中，一展歌喉的。

他唱了一首《霸王别姬》，引起无数喝彩，女生们纷纷将他围住，鼓掌，欣赏，还有爱慕。而刘芒顺势扫视妹子一圈，发现了班花娟子。

也确实，刚刚摆脱高中的束缚，来到自由的大学，多数妹子还没来得及蓄起长发，清一色短发，把娟子的大波浪黄金色长发衬托得更加迷人。

刘芒说，尽管她挑衅地坐在椅子上，看他在哗众取宠，看女生们尖叫失控，但是娟子的身上在闪闪发光，想看不见她都难。

刘芒突然振臂高呼“角落里的姑娘，我爱你”，娟子咧开嘴，冲着刘芒妩媚地笑，整个车厢都沸腾了，起哄着说“在一起在一起”，而一边的爱捣乱的同学甲却开玩笑说，刘芒还没说完呢，他是说他爱她的不羁、霸气侧漏哦。

刘芒明明是只流氓，却总是自称学霸，他的名言就是，当学霸男遭遇不羁女，他们就会相爱。也确实，刘芒和娟子曾是校园里爱得最轰轰烈烈最坦荡也最暴露的那一对，他们会在校园里勾肩搭背，会在迎新晚会上一起唱摇滚，还经常在宿舍楼下大喊对方的名字。

他们都是艺术怪才，印象最深的是两个人在广场上举办的那次无厘头舞会，演员只有他们两个人，他们时而跳妩媚的古典舞蹈，时而化身机器人来一段踢踏舞，又时而仿佛被热辣和劲爆附身激情热舞。小广场沸腾了，越来越多的观众把他们团团围住，更没有吝啬掌声和欢呼声，并不是科班出身的刘芒和娟子，用自己的创意和爱情打开了舞蹈的一个新的界面，让人惊叹。最后，他们以一曲《梁祝》结束舞会，两个人在舞台中央拥吻，所有人都被他们的才华和热情感动了，掌声经久不息。

娟子说，那大概就是他们的爱情高潮吧，那种万众瞩目的感觉告诉她一定要好好相爱。以至于后来分手的时候，她哭到断气，和我说："饭饭，刘芒他毁的是咱们整个学校的爱情图腾。"

我本来想说你想太多了，可是没忍心说出口。每个女人都会以为自己的爱情与众不同，肯定会天长地久。可是相爱的甜蜜大多是相同的，分手的桥段却一个比一个雷人。

那次成功的舞会后不久，刘芒和娟子就走下舞台踏上了找工作的路。他们的才艺并没有给他们的简历加分，至少毕业那年，表面看起来他们和我们一样穿着职业装焦虑地奔跑在宣讲会。刘芒稍微幸运一些，进了五百强，而娟子大四时候的方便面短发着实对自己不利，只能勉强混到份工作。

学霸之所以是学霸，是因为他想学习时就能考高分，想赚钱时就能迅速适应岗位。刘芒的确是有过人之处的，他凭借着校园里积累的人气和才华，很快在销售领域打开天地，仅半年时间就成为大区销售总监。

而外表不羁内在感性的娟子再怎么折腾，也始终被划归为另类一族，无论是公司总裁还是 HR 姐姐都不是很喜欢她，不重用她。很多人劝她换掉那夸张的爆炸头，收起五颜六色的时装，包臀裙才是白领的安全服饰。

可是娟子称，如果我都不做我了，那刘芒去爱谁呢？说得一众同学哑口无言。

果然他们的爱情故事依旧迷人，大概，在我们班很多人的梦里，都出现过刘芒和娟子的四号地铁线。两个人变魔术一般换着各种风格的衣装翩然起舞。

可是，为生存而四处周旋的他们，再也没有机会玩浪漫的演出和舞会，摇身变成了两个普通白领，每天挤地铁上下班，我们以为那样爱出彩的两个人抵不住生活的压力。

娟子说："没关系的，刘芒只要不出国，他去哪，我跟到哪。"

她这句话带给整个班级的轰动劲儿还没过去呢，就有八卦消息传出，刚烈的娟子和刘芒在四号线地铁反目为仇，娟子甚至爆了粗口，对刘芒和另一个姑娘破口大骂。

同学甲在某天和我讲述了别人爱情破灭的那一天：

瘦高瘦高的娟子挤上了四号线，被人群冲撞到地铁的夹缝，那么乱那么嘈杂的地方，娟子愣是听见了刘芒的声音，仿佛在低声唱着什么。她急忙抬头寻找，却被眼前温馨美好的一幕惊呆。

刘芒正在地铁的夹缝中，对面站着一位姑娘，温文尔雅的样子。只见刘芒正含情脉脉地低声吟唱着什么，姑娘却腼腆羞涩地低着头，嘴微微咧开，在笑。娟子急忙拨开人群，悄悄靠过去，已经很近了，刘芒愣是没发现自己的女朋友就在旁边，歌词已经一字一句像刀子一样飘入娟子的耳朵、大脑和心脏。

“Baby，你就是我的唯一……独自对着电话说我爱你……”

如五雷轰顶，娟子再也忍不住了，依旧豪放地啊出声来，她自己都捂住了耳朵。地铁也瞬间安静了，所有人都呆愣住，只有娟子眼泪汩汩流出，不解地看着刘芒。

我问同学甲：“就这样？结束了？然后呢？”

同学甲说：“没有然后了。”

我说：“那不是传反目成仇，破口大骂了吗？”

同学甲不好意思地说：“呃，可能传得稍微偏颇了，反目成仇的不是他俩，破口大骂的是我。呵呵。”

我在张大嘴巴的同时，马上敏感地得知同学甲在整个别人的爱情里的角色。又是一位用情至深看着你幸福就好的暗恋者。

我说：“知道了。”

同学甲说：“可是我还没讲完。开学在地铁上，就是刘芒唱《霸王别姬》那次，爱上娟子的还有我，只不过我慢了半拍。”

我说：“知道了。”

同学甲说：“饭饭，你得听我讲。大学四年我没机会靠近娟子，可是毕业后，我觉得我有戏了。你看，他们两个人在一起的状态，就拿地铁来说，基本就是刘芒穿着正装一本正经地坐在那里，而娟子今天红色明天黄色后天绿色花枝招展地在一旁张牙舞爪地聊天说话。我就想，这也太不和谐了。该我出场了。”

我说：“那你出场了吗？”

同学甲说：“出啦。”

我问：“那娟子发现你了吗？”

同学甲愣了愣，说：“她发现刘芒出轨那天，我刚好在，破口大骂的时候，娟子应该是支持的。”

我是真的想劝劝他的，一个男生在一个女生面前转悠了大半年都靠近不了，只有在女生遭遇危机的时候才突然出现，怪吓人的。我说：“你不是慢，你是根本就不合拍。你看，你不会唱歌更不会跳舞，你甚至到毕业都没和娟子有过共同语言。你看刘芒，就是在地铁那么杂乱的地方隔着五六米，娟子还是能听到他的歌声，不管是唱给谁的，他们始终是同频的。”

同学甲说：“知道了。”

后来，有一次同学聚会完毕，娟子坐出租车离开，不一会儿，她就在微信群里发了一串数字。群友各种猜，双色球？房间号？

刘芒默默打出：出租车牌号，她怕遇到坏人，先把号记下来了。

群里的伙伴们都已经知道娟子同学早就和地铁势不两立，决意此生不再乘坐。为了话题轻松些，还是有人揶揄道：“刘芒你暴露了，你还爱着娟子。”

曾经在娟子和刘芒的爱情里无处不在的同学甲也不知道去了哪里，反正没吭声。

而刘芒被揭穿得太匆忙，也不知道是因为来不及找借口，还是他根本就不关心别人说了什么，只是求我："饭饭姑娘，求你陪我去一趟娟子家吧。我担心她。"

当我踩着恨天高转几路地铁，陪刘芒一路小跑着跑到娟子家门口时，娟子已然被聚会的烈酒灌醉，蒙眬着双眼来开门，见到我俩，恨恨地指着我："饭饭，你可别告诉我，你俩同乘一班地铁而来。"

我揉着无限疼痛的脚后跟，同样恨恨地说："那又怎样？！"我心里在嚷，我为你的人身安全操碎了心你看不到，还在钻牛角尖，你那该死的地铁情怀。

娟子砰的一声把门关上，再怎么叫也不开，刘芒迷茫地转过身说："饭饭，你坐下吧。"

我四下瞅了瞅，证实除了水泥地面别无他物可以坐，愤恨地说："谢谢，你先坐吧。"

只见刘芒两腿一盘，啪的一声席地而坐，冲我苦笑："你坐啊，真可以坐的。以前，娟子都是这么陪我的。"

我嘲笑他说："那你倒是把她请出来陪你坐啊。"

刘芒说："她一会儿就出来了。你先坐下，我唱一首歌给你听。"

门开了，娟子哭丧着脸出来，哦不，泪流满面地出来。她走过来双腿一盘，啪的一声席地而坐。两个人抱头痛哭。

刘芒说："你看，她听不得我为别的女人唱歌的。"

我看傻了，试了试双腿一盘，咔嚓一声，老腰被闪，我没有本事陪你们了，告退。身后传来凄凄惨惨的歌声《我的爱》，各自缅怀……

我猜，他们已然回不去了。

毕业三周年聚会，娟子表示刘芒会来自己干脆不来了。刘芒还真来，惹起公愤一片。同学甲终于忍不住，果皮瓜子皮纷纷扔向他，说：“你看看你起那名字，像话吗？还有你对娟子始乱终弃，像话吗？请你离开我们这充满正能量的同学聚会。”

刘芒抓起一啤酒瓶砸在桌角，玻璃碴扎破了脚趾，流了点血，他蹒跚离去。他们说：“饭饭，你是言情大师，你天马行空一下，他们俩到底在整什么幺蛾子，分手了还能做朋友，做了几个月朋友又忽然老死不相往来。”

我说关于娟子和刘芒的事情，最好问代言人同学甲。同学甲也不负众望，娓娓道来。

原来刘芒在地铁上给另一个女孩唱情歌之后，娟子三天三夜没出门，性格开朗的娟子没哭没闹，就是躺在床上，思考，思考刘芒爱上别人的原因，思考这段爱情会是何走向。想完了睡，睡完了想。

后来结论是：在校园，两个人你侬我侬并肩辉煌，爱情的跷跷板摇摇摆摆，不亦乐乎；踏上社会后，刘芒迅速转换身份开始在事业上扶摇直上，而娟子踏着他们在校园里的节拍独唱。刘芒听不下去了，爱上了一个会 excel 懂 word 的文静姑娘。

仅此而已。

娟子告诉自己，放手也是一种爱，他们的图腾肯定不是勉强去爱。

然后就好聚好散了。

众人纷纷问同学甲：“你怎么知道得这么详细？”

同学甲不无骄傲地说：“娟子思考的那三天，是我起早贪黑给做饭送饭端尿盆的。”玩笑之余，脸上满是骄傲。

众人又问：“那上次聚会，刘芒还追着娟子回家做护花使者了呢，这次怎么就不想再见了呢？”

同学甲想掩饰又掩饰不住窃喜，努力压低声音说：“可能，可能，是因为我吧。”

众人笑喷，纷纷嚷着：“你滚你滚，厚脸皮的人请离开我们这充满正能量的同学聚会。”

只有我知道同学甲的这场暗恋持久战，所以当他说出自己为娟子送了三天饭的时候，我想，哎哟，有戏。

我这才重新搜集了下关于同学甲的资料，这是位真正意义上的学霸，不会篮球不踢足球，不爱唱歌也不爱热闹，我差点就以为他也不爱姑娘了，还好他喜欢娟子。

他是以优秀毕业生的身份进入国企的，除了对待姑娘没手段之外，情商也是不低的，起码领导的马屁拍得不错，这不毕业三年就已经是中层了，写得一手好字还进了书法协会，偶尔也能靠卖字挣钱。

我说：“你也不笨嘛，为何面对娟子就笨拙了呢？”

同学甲很严肃地说：“太在乎了。”

我竖起大拇指，赞叹：“好吧，上次我给你浇了冷水，这次，我挺你，加油大胆去追吧，娟子会发现你的。”

同学甲嘿嘿地笑，说：“国庆，我们婚礼，你会来吗？”

我突然感到又惊又喜，心里觉得他们俩会幸福，遂说：“哎呀，好快，梦想成真了，祝福你。”

可惜，那年国庆也是我的婚礼，我没有去他们的现场。据传，那天娟子拖着长尾婚纱在北京的四号线来来回回疯了几圈，才肯跨上同学甲的背，咯咯咯大声唱着“今天就要嫁给你”扬长而去。

留下一片新闻上了很多人的微博。

而更让人惊艳的是，他们的婚礼创意让人羡慕，同学甲一挽袖子在舞台中央摆起了笔墨开始写字，而娟子唱着温婉的歌在他身边来回穿梭，一动一静和谐得不像话。

后来，我和娟子聊天，她和我敞开心扉说，没办法，她就是那样心胸宽广，不会因为失恋哭哭啼啼转不过弯，也就是那样容易爱上别人，还有爱上爱人的爱好，嗯哼，她现在的字也写得不错了呢。还吹牛要送我一幅字等百年之后换房子用。

我调侃她说：“你不是不坐地铁吗，你不是不爱文人吗？”娟子咯咯地笑。

我又试探地问：“刘芒不联系了？”

娟子说：“谁是刘芒？路人甲？”

好吧，缘分就是这样，让你的恋人成了路人甲，又让同学甲成了你老公。珍惜便是。

男人眼里最美好的姑娘长这样

夏天其实是个姑娘的名字，起初，我只是觉得这么丑的女生怎么起了这么好听的名字。

夏天告诉我，其实，名字是一种心情，比如夏天就应该是一个冰雪聪明漂亮可爱的姑娘。她浑身透着乐观和自信，让我羡慕得很。

毕业前的那段时间，她是唯一一个没有嘟囔着“愁死了”“怎么办”的姑娘，因为在其他同学找不到心仪的工作，或者在两个单位之间犹豫不决的时候，她早已经收拾行李去广州做了一名杂志编辑。

据说，面试的时候，她已经回答完问题要出门了，主编又轻声地叮嘱其他面试官说：“把这个姑娘收了吧。”见其他人有异议，主编又压低声音说，“太丑了，适合文字工作。”但还是被夏天听到了，她一蹦一跳地出门，挨个打电话宣传这件事，自嘲道："你看，我找工作刷脸的。"

我们都很佩服她，要是换成别的姑娘，肯定觉得被伤了自尊，宁可没有工作也绝不到这家上班。

她上班第一天，就反馈回消息，妈呀，这里简直是侏罗纪公园，姐在这里竟然成了一姐，当然她指的是才华。

然后就靠着她这强大的内心自豪感，她顺利地提出了很多充满创意的方案。

这时候主编大人又发话了，这次是当着全部门表扬她："夏天的天赋比她的外表要惊艳很多。"

已经准备好满脸谦虚的夏天，忽然大脑短路，不知道该换上什么表情，只好笑嘻嘻地鞠躬回应："主编，您这是夸我呢还是夸我呢？"她小眉毛一挑，小眼睛罕见地圆而有神。

主编其实是一位比夏天大不了多少的清秀男生，当年就是凭天赋和努力披荆斩棘，坐上现在的位子的。

所以他格外喜欢夏天，珍惜她的勤奋。

就这样，在是非混乱、你争我赶的编辑办公室，夏天没有竞争力的外表恰恰掩饰了自己的锋芒，即使她再优秀也没有招来嫉妒。

夏天唯一的苦恼，就是自己这棵芳草，无人来嗅。

啊哈哈，她经常在别人夸她有才的时候，大声反驳："有才能买来姿色吗？我买，我要花光所有的钱，全买成姿色。"

可是夏天聪明得很，即使花光她所有的才情，也买不到一半范冰冰的姿色，倒不如守住才华，说不定哪天还能自立豪门，有机会称爷。

所以，下一次，有什么熬夜加班的新差事，她还是第一个被想起来，反正也不需要约会嘛。

她刷微博的时候认识了同为编辑不同公司的苹果，两个人志趣相投，一拍即合，常常约见，一起讨论媒体新闻和编辑部八卦，每次聊得热火朝天的时候，苹果会被男朋友的一个电话拎走。

在她万般羡慕嫉妒地做了几次鬼脸以示抗拒之后，她没有想到有一天深夜自己也会被那同一个电话拎出去。

接通之后，夏天才终于对上号，原来苹果的男朋友正是自己那独具慧眼的顶头上司主编大人。

苹果都称呼他为西瓜。

西瓜说："我喝醉在北京路海绵宝宝酒吧，快来领我。"

夏天噌地从床上坐起来，问："你谁啊？不会吧。"

西瓜好不容易解释清楚后，夏天思考了两秒钟，虽然此人既是上司又算是朋友夫，但怎么也是个异性，活了二十多年，深夜出动见异性的机会如此少，她想把握住。

一路上夏天费了很大的工夫，才把主编大人和西瓜这个昵称联系在一起。

然后自己就成了知心姐姐，马路牙子上一晚上的心灵鸡汤灌了过去，西瓜依旧转不过弯，振振有词道："前天还好好的，今天怎么就分手了呢？前天还坐在我的后座上，今天怎么就上了宝马呢？"

夏天终于劝够了，说："你复读机啊？"

西瓜说：“第几遍了？”

夏天说：“我觉得啊，爱情一旦埋葬就不要拿出来闻了，能闻出个子曰来的话，还要坟墓做什么？”

西瓜伸出手去，递给夏天：“你说得对。可是我的爱情还没出殡呢，你摸摸，还有余温呢。”

夏天犹豫了一下，大方地伸出手去，说：“不对啊，怎么越来越热……莫非你的爱情复活啦？啊？你喜欢上我啦？”夏天嘻嘻地笑起来。

西瓜这下忍不住，也哈哈大笑起来，说：“你果然可爱，你赢了，你逗笑我了，失恋这件小事瞬间不那么痛了。”

夏天说：“这才对嘛，走，请我喝点咖啡醒醒神去。”

第二天，夏天风尘仆仆地来到苹果所在的兄弟单位，揪出了苹果，说：“宝马舒服啊，你脑子进水了吧。”

苹果白了她一眼：“没进水，聪明得很。才学会了一个算法，以自我为中心，以自私为半径画圆。这不，把西瓜挤出去了。”

夏天说：“那我也画个圆，把西瓜给收了。”然后生气地走了，留苹果在原地捂着嘴偷笑。

夏天这才想起有一句话叫：“女大十八变，越变越好看。”可是自己的脸大是大了，五官都被肉挤得变形了，眼睛干脆挤成缝了，哪里来的漂亮啊。

抗拒名言无用，夏天想来点实践去检验。

为此，她抓起电话，将通讯录翻了一遍，找出能问的达人聊了半个月，这天，终于置办齐了化妆品，就等天亮，大展身手了。

第二天涂抹了无数遍，最后无力再去卸妆了，她心一横，顶着粗制滥造的妆容上班去了。就那么巧，还没进大楼，迎面走来西瓜，指着她哈哈大笑，说：“喂喂，夏天，你要送我，也不用这么隆重吧。”

夏天没心没肺地捶了他一拳，说：“谁还没个第一次。瞎起哄什么呀。等半年后，姐亮瞎你的眼。”然后又突然想起什么来，问，“送你？你去哪里？”

西瓜手里举起一个信封，朝着夏天说：“喏，辞职信。”

夏天挑眉，发出“嗯、咦”一系列疑问。

西瓜无所谓般摊摊手，说：“失恋不得整个纪念啊。别人都理个发，我这已经是毛寸了，辞个职以喻上段恋情曾经犹如我的衣食父母啊。”西瓜贼笑着，看样子已经走出来，开得起玩笑了。

之后，夏天握着手机睡了很多次，也没好意思把那条短信发出去，倒是把西瓜的微博翻了个稀烂。心想，自己啥时候气场都变了，和朋友不应该坦坦荡荡，想说啥就说啥吗？

于是，她照例化了妆去了西瓜的办公室，西瓜辞职之后自己单干，创办了电子杂志，一共三个合伙人，没日没夜地住在租来的办公室里，虽满眼的大波美腿，可都在屏幕里，他基本已经没什么时间上街了。

当他看到夏天出现在自己办公室，还化了正常的妆，眼睛大了，鼻子挺了，皮肤白了，就开心地想逗逗她。

西瓜笑嘻嘻地跑过去，绕着夏天转了三圈，学动画片里的人说：“提问！”

而夏天也突然被调皮神附身，配合地一挺身子，说："回答！"

西瓜啧啧地感叹了她的妆面，问："请问眼睛是什么？"

夏天想也没想："是心灵的窗户。"

西瓜双手抱拳，面露难过的神色，点头哈腰地说："求求你了，知道是心灵的窗户，还擅自把小天窗改成落地窗，大工程啊。"

夏天小嘴一噘，假装不高兴，说："谁告诉你这是落地窗了，我这是百叶窗，可开可关，卸了妆随时可以眯回去。"

哈哈，西瓜觉得夏天很可爱，双臂交叉在胸前，饶有兴趣地看着她，夏天开始双颊绯红了。

这是不是意味着，夏天爱情的春天很快就要来了。

西瓜的事业遭遇了瓶颈，自己在后方把内容做得天花乱坠，就是拉不到投资和广告，眼见自己数年的积蓄都打了水漂，公司丝毫不见起色。他开始后悔自己当初的莽撞，现在自己重回原点，又得重新打拼多年才能翻身。夜晚，他拉着夏天在城市里漫无目的地走，路过酒吧就喝啤酒，路过咖啡店就喝咖啡，夏天默默地讲着一路笑话，西瓜也只是敷衍。

突然，夏天哈哈大笑，指着前方的公厕说："前面那个店，不知道你还能喝点什么？"

西瓜借着醉意大摇大摆地走进去，把嘴对准水龙头，打开，哗啦啦地一通灌，灌到哇哇想吐。夏天心疼地把他揪回来，哭了，她不知道该说什么，只是抱着西瓜的头，听他叽里呱啦地倾诉。

西瓜说："苹果离开我了，我的生活突然间天翻地覆，可是我不想认输，我强装无所谓的样子辞职创业，却输得一塌糊涂。苹果她现在一定在宝马车上笑话我呢。”

夏天本来就是乐天派，安慰起人来也还是挺特别的，她说：“西瓜，你不能这么想，你起步之时遇到点挫折是好事，跟头摔得轻。如果等你做大了再摔跟头，那还不得摔死啊。”

西瓜哭笑不得，说：“夏天，你有本事把哲理说得这么难听。就像你能接受自己这么美好的性格装在一副不好看的身体里。”

夏天由衷地笑了，她从小就不在乎别人说她什么，开得起玩笑，嗔怪道：“你说话也不怎么好听嘛，彼此彼此。”

两人沉默了一会儿，开始往家走，夏天把西瓜送回家，说：“这么晚了，我也不走了，在你家凑合一晚吧。”

西瓜虽然有点醉，但头脑还清醒得很，夏天对他的心意他也不是木头，早已经觉察，奈何他是外貌协会的，对夏天就是爱不起来。

此时，夏天说要留宿，西瓜还是犹豫了，战战兢兢地说：“呃，夏、夏天，你要是好看点，我一定会喜欢上你的。你看，你的心思单纯可爱，你性格乐观豁达，你工作才华横溢……我真的会喜欢你的。”

夏天捂嘴哧哧地笑，回应：“你说话能好听点不？！看你吓得个熊样，想拒绝我留宿？！没门。”说完她转身噔噔上楼了，西瓜只好蹒跚地跟在身后找钥匙。

虽说一夜相安无事，但是夏天一夜未眠，她算是第一次对自己有些隐隐地失望了，一个没有美貌的女子注定要比别人付出更多的温柔才能换来爱情。

她收拾了房间，洗了衣服，做好早饭后离开。

夏天早早地去了单位，脑袋里一团糨糊，她想帮西瓜的公司想个起死回生的办法，可是经验和能力有限，即使拥有天马行空的脑袋也无济于事啊。

夏天打电话给苹果，问："你还好吗？"

苹果不咸不淡地说："这样的问题，不是有官方答案吗？挺好的，你呢？"

夏天说："我好像坠入情网了。"

苹果直截了当："不，你那不算坠入情网，你那是单恋，顶多算挂在情网上，生死未卜呢。"

夏天说："你又知道？"

苹果说："半年前你开始化妆开始踩恨天高开始有女人味儿。本来我不知道对方是谁，现在我知道了，是西瓜对不？"

夏天说："你这么聪明，为何丢掉西瓜这只潜力股呢？"

苹果说："你不会期望我指导你如何追到我的前男友吧？谁丢掉谁不重要，重要的是我们不能再做朋友了。"

电话挂了，夏天感到从未有过的迷茫和挣扎，对于爱情，是进是退，她完全没有思考能力了。打开电脑开始工作，屏保上是自己写的一段话：爆发你的小宇宙，整个闪闪发光的银河系都是属于夏天的。

夏天想为西瓜的事业出一份力，她拿着厚厚一摞资料穿梭在同行的大楼里，找朋友找合作伙伴挨着个儿商量研究，找亮点找漏洞，最后把所有的意见汇总成一份报告，非常兴奋地发给了西瓜。她相信凭西瓜敏感的洞察力，一定能从中找出灵感。

合上电脑，夏天已经记不起这是第多少个夜晚了，她打着哈欠去卸妆，看着镜子里自己的眯缝眼，自言自语地说：“丑百合也得有春天，加油。”

然后她更加兴奋地投入到工作当中去，浑身像是有使不完的劲。但是，她迟迟没有收到西瓜的感谢短信，有些失望。

郁闷了几天之后，夏天想不能再这么受折磨了，自己灌了瓶啤酒，接着就毫不犹豫地给西瓜打去电话说：“你就有魄力一点，像你当初录用我那样，说‘我就收了你这个姑娘’。我虽然外表一般，但是像你所说如果我再好看一点就怎么怎么样。但是你想过吗？如果我再好看一点，我就是苹果啦，你又在原地转圈圈啦。何不换条路试试看呢？”

西瓜没有想到夏天会如此勇敢，沉默了半天，才想出话来抵挡一下：“夏天，你表个白，怎么像劝降呢？你就从了吧从了吧……我脑子有些乱，容我想想……”

从此，西瓜陷入了更混乱的局面，他收到夏天的邮件之后，脑补了夏天顶着烈日东奔西跑和熬夜打字的场景。然后脑袋里时不时有两个人出来打架，一个说：“多么美好的女子，收了吧，千年不遇啊。”一个说：“这怎么带出门啊。”

他已经没有时间去想了，务必要有一个答案，他觉得不能够再这样不明不白地去享受这个姑娘的热情。

发生了一件事，帮他做了决定。

那就是他公司的其中一位合伙人，在拿到夏天整理的那一摞资料时，问他：“这就是那天找你那个看起来没心没肺的女孩整理的？”

西瓜：“对啊。”

然后此后一周，合伙人开始有意无意地提起夏天，各种打听的样子。西瓜忽然意识到合伙人可能盯上夏天了，挑衅道：“怎么？嗅到夏天的花香了？”

合伙人说：“差不多。”

西瓜问：“为何？”

合伙人说：“有一种姑娘，其貌不扬，暗香浮动。”

哈哈哈哈哈。

再一次，夏天欢天喜地地来的时候，合伙人殷勤地上前，准备说什么。西瓜快步上前，揽过夏天的肩头，满足地说：“既然夏天来了，那么接下来就是收获的季节，兄弟们加油，渡过难关！”

然后他朝着合伙人挑挑眉，像是在宣示这是自己的女朋友了。

而夏天忽然有些莫名其妙，心跳得厉害，要知道这可是第一次和异性亲密接触，并且这怀抱的温暖来自西瓜。

所谓情场得意，赌场就要那啥了。

电子杂志是西瓜唯一的支撑和出路，能不能打个翻身仗就靠它了。而夏天所做的那些努力，让业绩稍有起色，却扭转不了大局。

西瓜召开了合伙人大会，征求意见，要不要放弃，大家还是安分地回去上班，压力都会比现在少很多。

合伙人都坚定地表示，都到现在了，也许已经到了黎明前的黑暗时刻，还是咬咬牙坚持吧。

正在大家忆苦思甜、斗志昂扬的时刻，对夏天有好感的那位合伙人说："我们的夏天来了。"只听夏天噔噔噔的高跟鞋砸地面的声音响起来，她带来了自己的意见，建议解散。

大家都愣了，西瓜也几乎要怒目而视了，经过这么长时间的付出，电子杂志就像自己的孩子一般值得珍视，放弃的话又是从夏天嘴里说出来的，西瓜感觉格外难堪。

思绪一下子回到了苹果同自己分手的那个夜晚，他醉倒在路边，听到苹果的最后一句话："对不起，我没有时间等你成功。何况你仿佛很满足你的现状。"

西瓜感觉历史又要重演，原以为夏天这样的姑娘会把他的梦想当成自己的去全力以赴，夏天却轻易地劝他放弃。

夏天气急败坏地解释："我没有轻易啊，我们做了很多，请教了很多同行的专家，我知道现在放弃损失很重，我更知道放弃它对你意味着什么。可是，为什么我觉得这是件很轻松的事呢？小时候去学校，这条路不好走，我们就换一条走嘛，也许更近而且有更多小伙伴呢。长大了不是一样嘛，什么梦想不梦想的，我的梦想就是不偏执不扭捏不钻牛角尖地把我想要的东西得到。"

三个合伙人都没有说话。沉默是可怕的难过。忽然，西瓜起身，看着满桌子没喝光的麻辣烫杯碗，看着面面相觑的合伙人和夏天，有气无力地说："为什么，有些决定这么难下？"

夏天上去逼视着他的眼，说："难吗？"

西瓜无奈而痛苦地点点头，说："难。"

夏天继而伸出双手，吊着他的脖子说："比接受我做女朋友更难吗？"西瓜苦笑了一下，说："倒也是。"然后自嘲着找了台阶说，"你这么一说，仿佛不那么难了。"

然后大家都干笑了几声，虽说气氛不那么难受了，但还是低沉压抑。

那接下来的路该如何走，大家纷纷看向夏天，这个乐天派随性的女孩似乎要成为主心骨，可是，夏天摊摊手说："别看我，我也不知道。我只负责在你们钻牛角尖的时候拉一把，不负责你们接下来的方向。"西瓜说："那就先处理烂摊子吧。"

就这样，一无所有的四个人，背着失败走在路上，无限落寞。迎面走来苹果，手里挽着疑似富二代的男性，夏天欢乐地走上前去打招呼，苹果犹豫了一下，说："好巧，你们都在。"

三个合伙人一字排开在夏天身后，听夏天说："嗯啊，好巧。"她有些尴尬，毕竟自己成了苹果前男友的现女友。

苹果虽然不想故意刺激谁，可还是有意无意地透露了自己男朋友的身家财产有多棒。

然后问夏天："西瓜的公司怎么样了？"

夏天乐呵呵地笑，刚想说话，西瓜也乐呵呵地走上前来，说："呵呵，刚被夏天劝了同意申请破产。"语气里没有一丝遗憾和低落，把"破产"二字发得很重。

苹果哦了一声，眼睛里全是疑惑，拉着男朋友告别了。

西瓜告诉夏天如果不是她在，他根本没有勇气面对前女友时说自己破产了，放在以前他会觉得很掉面子。可是现在，面子被自己揉巴揉巴吃了……

夏天说："就是这样嘛，工作要刷脸，恋爱不要脸，失败了大不了改头换面。怕什么，大胆承认。"

没有人知道西瓜接下来会怎么走，去应聘找工作，还是换个方向再创业，就连西瓜自己都不知道，因为，等他幡然醒悟的时候，惊觉自己完全被夏天洗脑，未来怎么走不重要，决定下来的时候全力以赴，走不通的时候，不偏执不扭捏不钻牛角尖。

夏天说了，透过小天窗、落地窗还是百叶窗都一样往外看，只要心态放轻松，世间风景都无限好。

读到这里，你一定忘记了夏天其实是一位其貌不扬的寻常女子。

并且，恋爱久了，西瓜也忘了当初自己因为什么爱不上。

而如今，在他心里，夏天就是一整个银河系，闪闪发光在每个寻常日子。

世事浮沉，我心悠然

: / Part V

第五部分

现实和理想，总有鸿沟

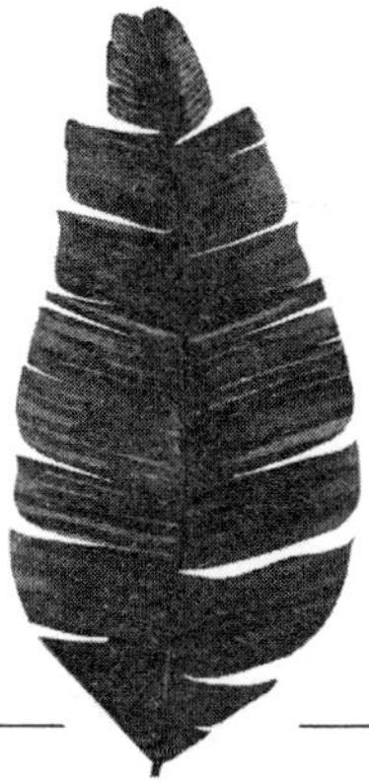

别动我的美梦

如果爱情是一场梦。

那么，结婚领证就是爱情睡梦中醒来的清晨。

茶米油盐酱醋茶的白日化才刚刚开始。

正文：

辉始终不曾开口说要娶我。在这个婚纱照漫天飞舞的年岁里，让我如何排解疯狂滋长的那满腹忧伤。

对面的 HR 姐姐也在嘲弄我，各种打听私人问题后，说："这个工作要频繁出差，你如何平衡工作和家庭？"

她叫某小宝，细细的声线里饱含杀人不见血的软刀子，让我瞬间将本来唯唯诺诺的情绪抛到九霄云外。

暗示我大龄剩女待字闺中没人可嫁是不?

我气定神闲，回:“那就向宝姐学习，工作第一，家庭若挡路，离婚呗，如何?”

说完后，我就意识到自己当前的状态是：爱情在苟延残喘，面包也得不到了。

……

辉，我大学时代的恋人，正在写字楼外等我，一脸不耐烦:“下次你面试能不能自己来，我哪有那么多闲工夫陪你闯东逛西的。”

夕阳底下，热热闹闹的街道，熙熙攘攘的路人，都在此刻静静地碰了一下我的神经，这根神经刚刚好关乎尊严。

失业好多天了，我头一次这么容易地挤出一丝微笑，任凭往事一幕幕涌到眼前。

毕业四年，我和辉都只做了两件事情：同居和跳槽。

同居生活还算是和谐的，比翼双飞，共同前进。

而跳槽这件事的差距却很大,辉在不停地跳槽,都是被别家挖走的，一路高薪金三级跳。我则不断地干不下去，不断被面试，经常性失业在家。

我眼看着这个一路走来的恋人，大步伐奔跑起来，离我们原来牵手出发的起点越来越远。

加之我的青春已近尾巴，我深切地感到很快自己就会年老色衰。辉却绝口不提结婚的事。

其实，他越辉煌，我越紧张。我那根叫作尊严的神经很早就敏感起来。

就容我作一次吧。

我微笑着缓缓吐出："王辉，以后，在白天，你能不能换一副表情给我，你这个不耐烦的样子我看得够够的。"有理不在声高，我逼视着辉，以示我对他刚刚的态度很生气。

辉没有说话，叹一口气，转身跨上他的自行车，消失在忙碌的人群中。

……

那一天，注定成为我史上最为难过的日子。

辉没有回家过夜。而我辗转反侧难以入睡。我甚至开始反思，究竟是我自己出了问题，还是运气出了问题。

梦中。

我趴在婚纱店外的橱窗上，眼巴巴地看着一件美得无与伦比的婚纱，陶醉着……忽然，婚纱像是披上了别人的肩头，飞舞着飘出商店，离我而去。我在后面着急地大追，却始终迈不开脚步。

我突然急醒。

我不想急醒啊，醒来，就不得不面对我没有工作没有婚姻只有一嘴溃疡的现实。

刷牙恶心，没有憋住，我在洗手间吐了个稀里哗啦，坐在马桶座上半天起不来。

手机铃声响起来，肯定是辉打来的，我接通电话一阵埋怨："老公，怎么昨晚不回来？我不舒服，你赶紧回来吧。”

“你不是未婚吗？哪来的老公？”我无须辨认，便听出对方是声音袅袅的某小宝——HR 姐姐。

宝姐说，是否结婚不重要，恭喜你，你被录用，周一报到。

我知道了，这个昨天刚刚背叛我的世界自己良心醒悟又回来拯救我了。你看，我没有坏掉，运气也没有出问题。事情没有到最后，谁会知道结局婉转到哪里呢？

哈哈。

开心的我马上拨通辉的电话，没接。我短信过去：“有一个好消息和一个坏消息，你猜？”

他回：“开会。没关系，继续投简历，加油。”辉已经认定我是面试没过。

这就是毕业四年带给我们的变化。从校园的惺惺相惜变成现在的我仰慕他、他安慰我。

我是该哭呢还是该哭呢？！

“我怀孕了。”大姨妈的不来和刚刚的呕吐反应，已经说明这件事情八九不离十。

半个小时之后，辉出现在家里。他那溢于言表的夸张喜悦让我稍稍有些意外，之前的不愉快也随着他给我的拥抱而被我自动忽略了。

一年以后，我带着儿子在北京机场候机的时候，回想到那一幕，依然能够热泪盈眶。我相信，那个时候辉是爱我的，是想给我一个安稳的家的。

奉子成婚这件见怪不怪的事情，轻易地拿走了我做梦都想要的浪漫求婚和隆重婚礼。

我和辉手拉手领证的那天早上，辉也只不过说了句：“以后的柴米油盐酱醋茶全要上桌了，可得小心，别碰了歪了倒了的。”

他那是一句幽默，而我，并不想回应。我对没有求婚没有婚纱耿耿于怀。

我有时候会想，倘若每个人的美梦都能走进现实，是不是就不会有那么多歇斯底里了。

这个倘若是不可能实现的。

事实是，我怀着孕，每天清晨醒来还是得惦记辉的早餐，依旧得挤地铁去公司找宝姐报到。

还记得宝姐坏笑着说：“哎哟，不是要学我为了工作放弃家庭吗？这肚子里的宝宝咋回事呢？”

我尴尬地笑笑，她那细细的声线又抛出了刀子：“不要高兴得太早，婚姻是场战争，没有硝烟的白热化战争。”

……

准妈妈的生活总是格外受恩宠，辉的、父母的、宝姐的，还有陌生人的。

可是，这些温暖与关怀依然没能让我放松对辉的专注爱情。

那天，我挺着大肚子准备完早餐，辉却在洗手间迟迟出不来。

我无聊地盯着家里的钟表，眼看时间晃过半个小时，我知道辉要迟到了。

我还知道，辉的手机里有我不知道的内容了。尽管辉从洗手间出来时瞥见我的呆愣，看似无意地说了句“只有偷点上厕所的空看看微信了”。

我假装没有在意，说：“带个面包赶紧走吧。”

辉那洗完还没来得及擦的手握着手机，湿漉漉的屏幕黑着，我的心不情愿地下起了雨。

我发短信给宝姐：“对方已经吹响婚姻这场战争的号角，请一日假，迎战！”

几个月和宝姐的接触，我不但清除了之前对她的烦恶，反而觉得她果真是一名出色的HR。她招聘来的每个人的优点凑在一起，常常天衣无缝。

而没有后顾之忧的宝姐，注定要为这个天衣无缝的团队排忧解难。

她回：“小薇，假不批，来上班就是最好的迎战。”

我愤怒地来到单位，迎来宝姐一个大大的拥抱。她递给我一个大大的红包：“喏，你上个月的销售奖金。拿去做战斗金呗。”

我随即喜笑颜开，计上心来。

晚饭，我烧了很多辉爱吃的菜，宴请他这位在我的求职路上“不离不弃”的另一半。

看到我怀着孕还能取得这么好的成绩，辉的眼睛里放出赞赏的光芒。

这种光芒我自打第一次失业之后再没见过。

“辉啊，你老婆追赶你的脚步终于有了初速度，干一杯。”

“辉啊，你儿子调皮地踢肚皮了，干一杯。”

“辉啊，幸福生活来之不易，干一杯。”

干一杯，干一杯，再干一杯……

辉烂醉之后，被我扶到地板上呼呼大睡，我得意地翻开他的手机。

翻完，悲从心底散开。

这第一回合，我赢也是输，输也是输。两个人的精神契约里，越在乎就越失败。

那满屏的短信、微信和照片炸开在我眼前，飞舞的碎片将我的心切割得七零八落。

手机里面有一个女人，比我年轻比我漂亮比我说话有煽动力。

重要的是，比我优秀。不巧的是，我认识她，在辉的介绍下进公司的师妹。

辉老实得连她的名字都没有改，连短信都没有删。我从里面读到的是辉小心翼翼的试探和纠结忐忑的无奈。

我伏在地上，把脸靠近辉的胸膛，想听听他的心跳到底发出的什么频率。如今，我已然跟不上他的心跳节奏了吧？

他匀称的呼吸带着浓浓的酒气扑打在我的眼睛上，泪水被仓促地呛出来……

窒息般痛苦。

辉，你怎么就这么容易被我灌醉呢？是真的替我开心还是借醉一场，逃避你内心的狂乱挣扎？

我知道，你短信里的小心谨慎，像极了当年的情窦初开。

你对别人的爱意正悄无声息地滋长，它势必会比出轨给我们的婚姻带来的伤害更大。

……

战争初期，我读完战书，洞悉自己的险境，乱了阵脚，也就出错了招。

我急忙搬来救兵：婆婆。

任凭我一把鼻涕一把泪地哭诉和折腾，婆婆只有一句话：“别乱想，安心养胎。”

可是，从辉每天躲闪的目光里，我知道婆婆已经找他谈过了，此后他到家的第一件事就是关机。

我之前或许是个喜欢甜言蜜语的女人，面对木讷不够委婉的辉经常晓之以理动之以情地提醒他我们是相爱的。

可如今，这样的事情加之宝宝带给我体内的各种激素紊乱，我除了发脾气就是冷脸不理他。

婆婆也开始了各种谎言和掩饰，终于我和婆婆的关系也剑拔弩张，这场婚姻已经危机四伏。

我过得疲惫不堪。

他和别人的暧昧短信像一根针悬在我的心上，疼在每时每刻。

我在心里默默念叨，没关系没关系，他还没有打我，他毕竟没有出轨。

安慰着往前走，家不能散。

……

可是，那天。

辉去洗澡，我还是忍不住翻了他的手机。

看到他的朋友圈小师妹更新了写真照，辉的留言赫然在目：你穿婚纱肯定很美。

我当即暴跳如雷，声嘶力竭地把辉从卫生间里吼出来：“谁穿婚纱不美？我嫁给你连婚纱都没穿过，你对得起我吗？你夸别人穿婚纱美？那么我呢？！我呢？！你怎么能这样。”

我眼泪飞飙。

辉愣在原地，仿佛没有料到我的大发疯，手足无措。

婆婆却闻声赶来，厉声道：“大半夜的发什么疯？就你这个疯样子还穿什么婚纱？有话不能好好说？哪里对不起你？没给你房、车还是没给你名分？你淡定点，少安毋躁。”

婆婆的“少安毋躁”，字字碎石，说得我心头一撼，立刻变乖。

我回到房间躺下，捂着胸口，大口大口喘着气……

竟然，睡着了。

辉外出过夜，没有理我。

有时候，我们紧闭着嘴巴，不提委屈和心痛，独自撑过好多个难熬的夜晚，一回头才发现，那都不是事儿。

可原来，我并不能想得开。

我在斤斤计较着这些年来对辉的付出，以及感情的投入。我手里那根拉扯着王辉的婚姻线，把我的手勒得生疼。

离生产还有一个月了，我和宝姐告假在家待产。

宝姐找我谈了一次，她看着我不算太大的肚子和憔悴的脸，说：

“你在这场战争里投入的精力太多了。为何不放辉一马，也放自己一马？生活除了战争还有和平。”

还有和平。还有和平……

我差点就把生活过错了轨道。就主动联系辉认真谈了一次。

生活的磕磕绊绊已经将我们俩本来的亲密关系推开太远，咖啡厅里我们这对原来的恩爱夫妻竟然生分得无话可说。

尴尬的空白时间过去后，辉主动坦白，说了好多，我努力地想找地方插上嘴，却发现嘴巴被贴了封条，开不了口。

这大概就是失望加绝望的顶峰了吧。

辉的大致意思是最开始和师妹确有好感，没忍住暧昧了几句，可是并不想放弃自己幸福的家，他爱的是我，何况还有宝宝。

但是我的一切做法让他觉得我有点小题大做，得理不饶人，他没法继续对我倾注感情。

但是不会去离婚，毕竟有娃娃这个纽带。希望我能体谅他，不要再拿师妹拿短信拿婚礼说事，太累。

我微笑着，身体里那根叫作尊严的神经又开始张牙舞爪起来。

怎么？难道你的精神出轨要让我来埋单？一切全是我乱发脾气的错？

我趔趄着气喘吁吁地回到家，婆婆生气大吼，快生了你乱跑什么？碰着磕着我孙子我和你没完！

这老太太见她儿子不拿我当回事，也开始蹬鼻子上脸。我狠狠地瞪了她一眼：“滚一边去。”

老太太愣住，没有说话。我忽然一阵肚疼，蹲下身去。

……

医院里，我在昏迷中听见了各种刀铲的声音，忽然感到很害怕，害怕失去至爱、父母，还有即将见面的儿子。

儿子被早产出来。

我笑着原谅了从前的一切，辉的暧昧、婆婆的袒护，哪项比得过儿子有个完整的家重要。

于是，硝烟战火弥漫的那一年总算过去，我们的家总算看起来其乐融融了。

出了月子，我就开始上班了，不想我怀孕期间打下的天下轻易被别人占了去。

宝姐笑说：“你如何平衡工作和家庭的关系？”

我笑答：“那也不能学宝姐，家不能散咯。”

宝姐说：“那就看你的忍耐力、平衡力等各种能力了，你也别太小看男人的闷骚劲儿。时刻准备着新的战争吧。”

乌鸦嘴啊。

辉和师妹的暗生情愫在我不了了之的处理之下，终于没有扼杀掉。

我甚至愤恨自己的敏感和该死的与生俱来的洞察力。

一次，我忍。两次，我忍。三次，我忍。

又一次，辉在我耳边讲述男人的逢场作戏和女人的大方宽容。

我看着眼前这个曾经风流倜傥让我深深为之着迷的男人，如今像个跳梁小丑一样掩饰着自己的精神出轨。

我丈夫的可怜可恨和可悲，忽然让我黯然神伤。

有些东西就是一瞬间天崩地裂。

我最怕的事情还是来了。

我不怕自己敏感地寻找他的蛛丝马迹，不怕他已经不把我放在心上，不怕隐忍委曲求全。

最怕，我不爱他了。

自己忽然失去了和他携手一生的热情，我也终于和歇斯底里哭天抢地等一切挽回婚姻过程中的可怜状态告别。

后来，办完离婚手续，我带着一岁半的儿子在首都机场等候回妈家的飞机。

回想自己刚怀孕的那一刻，仍然相信，最初的爱，那么真切地存在过。

我向宝姐辞职的时候，宝姐对我讲："你终于明白了，选择离婚可能会有一万个理由，可唯独和工作无关。回老家后，还是要工作，出色地工作。"

我懂，宝姐的意思是，你若盛开，清风自来。

可是，别人会说，离婚了呀，为什么？！

我也问自己，为什么？！辉毕竟没有打我，也没有出轨。

在老家我又开始反思，究竟是哪里出了问题？辉是我从大学一路走来的恋人，这感情怎会如此不堪一击？

妈妈说："女儿，你太要求完美了。"

愣。

愣。

愣。

我要的婚纱，我要的专一，我要的一切，都来自我太理想化的梦。

……

意料之中。

当辉和师妹结婚的消息传来，我躲在家里几天滴米未进。

滚他妈的婚纱，滚他妈的专一，滚他妈的各种要求。

我要我的男人在身边。

我的心绪乱了，好像从前的一切都回到了眼前。

QQ、微信、短信，只要攥着手机就忍不住给辉发信息，这样折腾了半个月，终于平静下来。

他回复道：“不要再发信息了，我们回不去了。”

可是，他的婚礼上，我推开酒店门闯了进去。

辉拉过我的手，亲手为我披上婚纱，我们缓缓步入 T 台。

我激动得哭了。

然后被剧烈摇醒，我哭着问端着面条的妈妈：“妈妈，谁动了我的美梦？妈妈，别动我的美梦……呜呜——”

儿子在一旁也怯怯地喊：“妈妈妈妈。”

……

后记：

如果爱情是一场梦。

那么，

结婚领证就是爱情睡梦中醒来的清晨。

在清晨，

就一定要醒来，不能继续做梦咯。

谁动了她的爱人？

01

她叫乔安，像偶像剧里的女主一样单纯任性，当然也不乏追求者，她的妈妈火眼金睛，从一众男人里，揪出一位看起来最踏实靠谱的，名字叫崔伟。

可惜乔安不爱崔伟，不咸不淡地同他约会着，为了满足她妈的要求而逼迫自己尝试接受，然而那种不是一路人的感觉就像那部《王贵与安娜》，两种风马牛不相及的气质硬要搅和在一起，挺怪异的。

乔安想让崔伟去告诉她的妈妈他们俩不合适，可是崔伟很喜欢乔安，坚决不执行这件事，其他的事情可谓是千依百顺、无一不从。

只有要不要在一起这件事，他想用实际行动说服乔安，少数服

从多数。

那时候的情况是乔安妈妈和崔伟很积极主动热情，乔安在纠结犹豫间带着那么些反抗。乔安爸爸不表态，乔安不喜欢她爸，可是她想争取她爸关于她追求自我追求真爱的支持。

乔安爸是土豪，乔安妈从三十几岁开始不停地和“小三”战斗，时而成功地挽回过，时而失败地歇斯底里过，在交锋中，两人也还是这样走了过来。

家里来来往往的阿姨和姐姐，让乔安心里充满了愤怒与羞耻，这让看起来清纯可爱的乔安内心多了很多暗黑诡计，她成了妈妈追打“小三”的助手，她对爱情失望至极。

她从青春期开始就徘徊纠缠在各种花花公子之间，同他们周旋得乐此不疲。在她第一次夜不归宿的时候，乔安妈妈才终于从追打“小三”的牛角尖中清醒过来。

她忽然发现，因为疏于教养，乔安已经由那个乖乖女变成一个小太妹，行为像极了她的爸爸，让人不敢想象以后的生活。

那个时候乔安读高中，崔伟是他们的班长，在一次家长会上崔伟腼腆而有力的发言让乔安妈妈一下子喜欢上了这个来自农村的出色小伙子。

她给班主任送了很多钱和礼物，终于求得班主任把乔安和崔伟安排成了同桌。

02

乔安在崔伟的鼎力帮助下，勉强考入了大学。她妈妈厚着脸皮再次出击，到学校门口堵住崔伟，委婉地打听他报考了哪所学校，没想到崔伟刹那间脸红了，并结结巴巴地反问她乔安会报哪座城市。

乔安妈妈心里立刻就有底了，心花怒放，然后把乔安的志愿一五一十地告诉了崔伟，并暗示崔伟，乔安希望能和自己的同桌继续同窗。

这些都是乔安和崔伟结婚之后才知道的，知道这些后，乔安觉得自己是被妈妈和崔伟算计了，更加憎恨崔伟和这桩婚姻，屡次提出离婚均遭到各种阻拦。

两人到了同一座城市上大学，腼腆惯了的崔伟并没有向乔安告白，只是义无反顾地当起了她背后的男闺密，看着她恋爱了分手了笑了哭了，又恋爱了。

四年过去，他们熟得像兄妹，乔安在他面前任性自在得无法无天，有时候也会问自己，怎么就是不喜欢这种类型的呢？

毕业后，崔伟考回家乡的事业编制，捧上了铁饭碗，乡里乡亲都十分羡慕，而富裕惯了的乔安看不起每个月的三五千块，每次都怂恿崔伟辞职，崔伟下不了那个决心。

乔安并没有去工作，靠着威胁她的爸爸获得的零花钱都是崔伟工资的N倍。崔伟也正式打起了退堂鼓，他终于肯相信自己是迈不过阶层这个鸿沟的，就默默退到一边，决心永不告白。

没想到的是，乔安妈妈会热心地给他张罗介绍对象，当他走进约好的餐厅，却发现被介绍的姑娘正是乔安。乔安妈妈说："你们先聊，我有点事先走了。"

崔伟瞬间明白了乔安妈妈的心意，这么多年，他也听说了乔安爸爸的故事，也多少明白乔安妈妈为什么会中意平凡普通没有家庭背景的他。

崔伟和乔安互相指着哈哈大笑，乔安是没心没肺，崔伟却全部走心了，他看着熟悉的笑容熟悉的她，觉得阳光明媚现世安稳，他想要给乔安一种稳固的生活。

就这样，毕业一年后，两个熟人相亲了，崔伟表白了。

03

乔安觉得没意思，想逃离，就故意挑衅崔伟："就你那点心眼儿，和蚂蚁窝一样大，你舍得辞职跟我出去闯吗？"

第二天崔伟就递交了辞呈，决心跟着心爱的姑娘浪迹天涯，他觉得三五千块哪里挣不了呢。乔安震惊之余，也同意他暂时做男朋友试试，并安慰他，辞掉工作不可怕，她可以养他。

两人一起去了离家很远的城市，崔伟坚持不要乔安"包养"，付出比别人更多的精力和汗水，慢慢地缓过劲儿来，一步一步地升职加薪，却依然买不起房。

乔安都看在眼里，就想回报一下崔伟，毕竟这么多年一直不离不弃也挺可贵的，就和她妈说想嫁给崔伟，但是并不爱他。

乔安妈说：“有时候，嫁给一个踏实爱你的男人，比嫁给一个你爱的男人靠谱多了。妈支持你，以后你会知道这决定是正确的。”

乔安把这个消息告诉大家后，又后悔了，她怕将来真的遇见真爱，自己已经不是自由之身了。崔伟说别纠结了，少数服从多数，乔安说她得问她爸。

她爸说了：“嫁呗。你嫁给谁以后都会遇到别的真爱的，你管不了那么多的。”少数服从多数，乔安也算高高兴兴地嫁给了潜力股崔伟，想着起码会有个安稳日子。

乔安爸送了一套房，崔伟家里啥都没有，只有一帮事多亲戚，乔安烦不胜烦。

但崔伟很爱她，也很体贴，事无巨细地照顾她，工作和家务全包揽了，但越热情乔安越反感，加上乱七八糟的一大家子事儿，乔安内心的那一点爱意一点点耗尽了。

并且，婚后乔安妈妈也变了，不再觉得崔伟哪里哪里都好，有时候还会和乔安一起吐槽，弄得崔伟怎么做都错，一而再再而三地和乔安解释，乔安每次都是一脸不耐烦，说：“过不下去就别过了，本来就不爱和你过。”

崔伟说：“可是我想和你过啊。”

04

故事是乔安给我讲的，讲到这里，她顿了有十多天，音信全无。我觉得这就是个普通的青蛙王子爱上公主的故事，也许将来有一天，青蛙会蜕变成王子，公主也会另眼相看的，而在这之前，不过是每家都会有的家长里短鸡毛蒜皮的琐事，没什么特别的。

我留言给讲故事的姑娘，安慰和劝解，希望她能好好地爱护自己得之不易的家庭，她却始终没有回复。

直到昨天，她才开口讲述了这个故事的真正结局。我看了后特别震惊也特别难过，心里有种窒息般的毁灭感，太痛心了。

她说："饭饭，你说的这些，我从前都不懂，一点也不懂，我只知道我在妈妈和老公的共同圈套下，嫁给了一个自己并不爱的人。我总想着毁灭这桩婚姻和爱情，我想自由，我对他充满不耐烦和痛恨。

"我天天期盼着我人生的剧本被改写，我要报复他们。呵呵。

"可是老天爷又怎么会听我的安排，他给我安排的这一出剧，比我更狠毒。崔伟前年已经走了，带着对我的无限不舍，离开了人世……我就不跟你说他为什么走了，因为每说一次都是自揭伤疤，我忘不了他望向我的最后那一眼，全是爱和怜悯。而我，之前都对他做了什么……

"真的。没有亲身体会，你永远也不知道明天和意外哪个先来。我一直以为自己不爱他，我只是被迫嫁给他。他走了之后，我暴瘦了二十斤，从一百一十斤到九十斤，脸都脱相了，我不适应他不在的生活了。三年了，我依旧很想他，我在脑海里把我们的故事像放电影一样放了无数遍，他的很多话我都回忆烂了，然而，他不会再回来了。

“我想给你讲点我们的甜蜜故事……这些都是在他走之后我才想起来的……呵呵。”

05

乔安“姨妈”疼，崔伟先用手焐焐热水杯，再用手焐焐她的肚子，他的手被烫红再焐到她的肚子上就正好，乔安每个月都享受这样的待遇。

乔安不工作，崔伟总是主动把钱给她，可是乔安还是不够花，仍然得伸手问她爸要。婚前没什么，婚后她爸也念叨过几次，崔伟就尝试着和乔安说，只花他自己挣的可不可以。乔安瞧不起他那点工资，用各种难听的话损他，崔伟就拼命接私活，整夜地在书房改方案，头发大把地掉。即使这样，无论工作得多投入，只要乔安在卧室一喊她要喝水，他立刻就会送过去。

有时候乔安愤怒了，就会激将他：“我就是不喜欢你这个样子，你明明就是图我爸的钱，不然你干吗对一个没工作脾气暴的女人这么好。”

崔伟也会生气，会大声地还击，告诉她：“我和你说过多少遍了，从你和我同桌的第一天开始，我就喜欢你了，我不知道你爸有钱。”

乔安也有对崔伟好的时候，但是不多，至少她的记忆里不多了，点点滴滴全是一个男人对自己极尽宠爱的画面。

崔伟离世前三个月，乔安怀孕了，孕期的情绪让她更加焦躁，常常抱怨崔伟，可是崔伟每天下班回到家，都是笑容满面，各种伺候，从不跟着乔安的坏情绪变化。他说："老婆，你这是孕期综合征，我这是孕期缓解药，我不治你谁治啊，有火朝我来吧。"

崔伟走后一个月，崔伟老家的妈忐忑地给乔安去过几个电话，问她身体还好吗。她老人家无非想知道乔安有没有打掉那个孩子，但是老实巴交的她不敢问。

乔安说她的亲戚也有来劝她的，为了她的未来，孩子不能生下来。可是乔安每次都会想起吵架时候那一幕，乔安歇斯底里："过不下去就别过了。"崔伟也同样理直气壮："可是我想和你过啊。"

他想和她过啊，可是老天爷把他带走了啊，那她必须和他们的孩子好好过啊。她不用选，也没的选，在爱人去世之后，她才发现，更爱的那一个人，原来是她。

06

乔安留给我的最后一段话：

"你一定要把我的故事写出来，你一定要写出转折来，让更多的人懂得珍惜。如果崔伟活着，我也许还会是那个任性刁蛮无理的我，他的去世改变了我，改变了我对我们的婚姻的看法，可是，这代价是巨大的。”

那么，朋友们，有什么理由不好好珍惜自己拥有的一切？

乔安，愿你坚强，愿孩子茁壮成长，加油！

父亲出轨时期的爱情

想想是在帮妈妈赶“小三”的时候遇见阿光的。

阿光赤裸着上身，露着文得乱七八糟的黑社会样式的文身跟在表哥身后，拦住了想想的亲爸，和亲爸外面的女人。

有人踢有人拦有人哭有人喊，场面混乱成一段视频被永久留存在路人的微博里。

想想义愤填膺的情绪在瞥见亲爸目光里的那丝温柔时，全部崩塌。

她亲爸在看见捉奸大队之前，眉眼之间都是情爱，对“小三”说话都细气了几分，在猝不及防地挨了拳脚后，下意识地把“小三”护在了身后。

想想蹲在路边骂着，尽管她在内心狂骂着老人恋爱起来更疯狂，她的双腿却在打战，已经无力起身走上前去。

因为她害怕和父亲的对峙，害怕目光交流的瞬间读懂父亲对除了母亲之外的另一个女人的爱。

是的，那种感觉就像有人用刀抵在她的心头，逼着她和父亲坐下来聊聊爱情，聊聊真爱，她怕父亲会儒雅地回答：“真爱没有界限。”

她做不到，她本能地想逃避。

眼前的景象撕来裂去，想想母亲愤怒到狰狞的面孔虚幻成一种莫名的真空，让她窒息般心疼。想想感到一阵晕眩，倒了下去。

醒来后陪在想想身边的正是文身小哥，他是个话痨，用了半秒钟就把刚刚的剧情交代清楚了。

想想父亲对“小三”的维护更加激怒了母亲，母亲掏出了包里的水果刀，疯狂地刺了上去，刺伤了父亲的手臂，血流出的刹那，全场寂静。

想想的母亲震惊了，自己的丈夫用身体替“小三”挡掉了一刀，她的泪瞬间如瀑布般滑落，她和捉奸大队说了句：“算了。”便垂头丧气地走了。

一个女人的落败，一个家庭的陨落，在刹那间发生在想想身上。

文身小哥特别丧气地说：“对不起想想，没能替你出气，没能替阿姨出气，还没保护好你。你饿了吗，渴了吗，有力气吗，看手机不？我有 Wi-Fi。”

想想一句话也不想说。

父亲和母亲关系并不是不好，但也没有多好，多年来两人几乎从来不争吵，正是这种冷漠使得家庭氛围更加可怕。

她有时候听表哥讲，他爸妈吵架，他最痛苦了，因为不知道站哪队，但是不站队最后往往会变成父母联盟炮轰自己。

想想羡慕他，自己从来没有站队的机会，她的父母像两条不在同一纬度的铁轨，各有各的日程表，偶尔交叉也是隔靴搔痒般的交流，并无激情。

她猜到了父亲的出轨，却猜不到母亲为何要捉奸，因为她明明不在乎啊。

文身小哥叫阿光，对想想一见钟情，展开了疯狂的追求。

他洗掉了身上的文身，捧一本书开始读夜校，因为有一次想想无意间提起："你可以考一个证啊，就不用瞎混了。"

想想是银行正式职员，人生得乖巧文静，很多男人都心生向往，可是她的心结迟迟打不开，原生家庭的痕迹太重，她不知道所谓爱情是什么样子，难道就是如父亲母亲一般煎熬着陪伴吗?

她害怕过那样的一生。

阿光有辆摩托，第一次载想想从诊所回家的时候，带她去了动物园和酒吧，动物园的纯粹和酒吧的喧嚣极为强烈地撕扯了她。

她听着阿光热情地讲解一路，她用饮料和他的啤酒对着吹瓶，她从害怕到平静再到疯狂，只用了一天。

那天晚上十二点之前，她被通知了两件事，一是父母正式离婚，二是混混阿光想追她。她根本就来不及思考任何一件事，盯着窗外的月亮看了整整一夜，辗转难眠。

第二天上班犯错，工资被扣掉百分之五，午餐吃得没滋没味，表哥的电话火急火燎地打来："你怎么被阿光盯上了，离他远点。"

想想这才发现自己和阿光之间不可逾越的鸿沟，除了学历还有家庭。阿光的父母相爱，对他的宠溺反而养出了他无法无天的个性，天不怕地不怕的，更从来没有认真对待过爱情。

可是，想想的叛逆期来得稍微晚了一些，在自己二十四五岁已经工作几年的时间里，她才突然想和周围的人谈一谈，她不要听别人的意见。

她想过自己的人生。

她竟然喜欢坐在阿光的摩托车后座上。有一次她若有似无地问阿光："这个后座坐过多少女人啊？"

阿光大言不惭地说："只有你一个。"

想想陪着母亲度过了最为艰难的人生时光，母亲整日以泪洗面。

她告诉想想，最让她痛苦的不是丈夫的出轨，而是生活的改变，她赖以平淡生活的二十几年日子忽然抽身离去。

那种失落比失去婚姻可怕。

想想不敢开口问妈妈到底爱没爱过爸爸，她怕妈妈回答说爱，那想想就会更加迷茫和恐慌，爱为何让两个人视彼此为空气，爱为何轻易地放爸爸离开。

阿光的读书生活为想想开辟了另一片灯光，她喜欢在深夜陪他读书，陪他复习，陪他等待一年一度的证书考试。

阿光很聪明，进步很快，阿光的父母因儿子的转变震惊了。

他们盛情邀请想想去家里吃饭，大鱼大虾好吃好喝伺候着，他们想替儿子稳住这个靠谱的姑娘。

阿光母亲很温和，父亲却很凶，阿光时常帮着母亲斗父亲，一家人的各种样子都是想想从来没有见过的，热闹，即使吵架也热闹。

想想父母的事情在小县城出了名，可是阿光父母从来不问，想想问阿光："他们真的不介意我的家庭这么混乱吗？"

阿光说："有什么好介意的，我后来又遇见过你父亲好几次，他看起来容光焕发神采奕奕的，对他来说离开未尝不是件好事。比较令人担心的是你妈，所以我们多去陪她。"

想想的母亲非常不喜欢油嘴滑舌的阿光，她觉得一个中专毕业的社会油条无论如何也配不上自己的宝贝女儿——金融专业高才生。

阿光买的水果和补品都被想想的母亲扔了出来，她扔给想想一句话："想也别想，婚姻是有门槛的，你懂什么。"

可阿光笑说："时间会改变一切，会打破牢固的婚姻，也会接纳真挚的情感，往前走吧，我会一直在你身边。"

时光如梭，日子僵持地向前走了很久很久，阿光谋到了一份朝九晚五的工作，父亲再婚，母亲照旧，而想想似乎也尝尽了爱情的酸甜苦辣。

想想爸爸突然给想想打了个电话，开门见山地问：“你觉得阿光如何？”

恍惚间，想想想起三年前浩浩荡荡的那场捉奸，爸爸温情的眉目和母亲撕裂的心扉，再度撞击她的心脏。

出轨的父亲配同自己的女儿探讨爱情吗？他有资格说出“爱无界限”吗？那婚姻是什么，母亲二十年的陪伴又是什么？

父亲的声音听起来不是很低沉，反而柔软得有些磁性，想想记起阿光的评价说父亲离开母亲后变得神采奕奕起来。

对母亲来说，一起过了二十多年眼里的寡淡男人突然变得神采奕奕，是一种巨大的讽刺吧。

父亲的出轨难道是真爱吗？想想不想去理解。

可是父亲站在阿光这一边，他说：“小伙子肯为你读夜校考证书，肯为你和原来的小混混团队划清界限，就是爱你。”

而世间的真爱一定可以冲破所有界限。

婚姻的界限，学历的界限……

想想的父亲不会把话说得这么明白，这是想想自己悟到的。她做梦也没有想到，她那从前呆愣的父亲在晚年会同自己谈论生动的爱情。

而母亲仍然在水深火热的沉默中。

父亲是辜负了母亲的，她不能原谅他的选择，内心却非常想认同他的观点。

因为父亲仿佛是懂她的，爱是一种感觉，一种情理之外的冲动，考虑不清楚的。

就像自己被母亲逼迫着同阿光分手的那段日子，自己对阿光的想念是真真实实的刻骨铭心啊。

父亲和母亲的对峙，仿佛是真爱和界限的对峙，又像是出轨和传统的碰撞，究竟谁是对的谁是错的？

想想是爱阿光的，她究竟要不要突破世俗的界限同阿光勇敢地进入婚姻的围城呢，这是她留给饭饭的疑问。

可是亲爱的，饭饭无解，你有吗？

当前任出任市长

苏苏一觉醒来，同事群已经炸锅了，小县城换届，有人落马有人高升有人平调。

在事业单位的每个人都紧紧盯住新上位的几个人，心里盘算了上万遍，自己和他们究竟有没有交情，哪怕吃过一顿饭、混个眼熟的也算，心里有底不怕暗算啊。

苏苏盯着第五副市长的名字郝刚，盯了五分钟，不知道该惊讶还是该叹气，这个曾经很熟悉如今很陌生的县城最年轻的副市长，曾经是自己的枕边人。

苏苏是卫生局的一个小科员，在科员级别上混了十几年了，仕途基本已经被自己堵死了，所以也就是在单位里当撞钟和尚等老而已。

可是十几年前她刚到卫生局的时候，可是惊艳过所有领导和同事的人物。

北大毕业，容貌突出，口才了得，卫生局百十来号人都对她啧啧称赞，尤其是秃头局长，总把她当局里的招牌，逢上面来人就让苏苏讲解和作陪。

酒席场上，局长最喜欢说的话，苏苏那些年倒背如流：“这是我们全市以第一名考进来的大学生啊，才貌双全啊，很多单位抢着要，能来卫生局是看得起我们这个小局啊。”

开始的时候苏苏不敢开口接话，后来竟然也借着秃头对自己的赏识慢慢变得大胆起来，像已婚妇女一样对起段子来毫不含糊，杯来杯去之间只剩大家心领神会的笑声。

苏苏记不清那是第几个饭局，还是第几十场应酬，她去完洗手间吐完酒想回包间，被一个人有力地挡在了门外。

那个人就是郝刚，一米八五的个子拽着刚够一米六的苏苏就像老鹰叼着一只小鸡一样，不容反抗。

郝刚说：“你喝醉了，我带你出去醒醒酒。”

县城的台湾路破旧而热闹，当年还没有八项规定，那个有名的大酒店进出往来都是干部和干部身边的红人，苏苏是，郝刚也是。

只不过他们是两个刚出校园的人，他们很像，没有背景也没有权势，想要在这个小县城的官场上站稳脚，只有一条路，听话照做有眼力见儿。

所以，不会喝酒的苏苏应下了秃头局长的所有酒席安排，就为了讨得秃头的欢心，能够在下一次有提拔机会的时候，多看自己两眼。

而郝刚出身寒门，走上仕途这条路，注定比别人付出更多。他老早就研究领会了和领导的相处之道，并勇于投身实践，果然博得了县城领导的刮目相看，三年就成了副科实职，前途不可估量。

遇见苏苏的那次饭局，他对她一见钟情，永生难忘。如此小巧玲珑聪明可爱的北大高才生坐在一个秃头大腹男人身边卖乖，可恨又可怜。

他不由分说地劫走了她，两人走在破旧的台湾路上，从九点走到十二点，从正月初七走到来年的八月十五，相爱然后结婚。

苏苏像变了个人，认识郝刚以后，认同了郝刚的看法。他们觉得与其危险地周旋在领导身边，不如踏踏实实地工作学习，等待县城客观公正的选拔考试。

郝刚是男人，应酬还是没有间断，苏苏的单身宿舍摆满了各种醒酒药、护肝片，有时候在深夜等郝刚回家时，她都觉得像做梦一般，内心十分清冷而又十分踏实。

郝刚不是本地人，没有大富大贵，反而还有点穷，但是他仿佛对官场无比熟悉，和他共事的人都很喜欢他。

苏苏知道，郝刚把圆滑虚伪世故等性格给了所有其他人，而给苏苏的，是最真实的信任。

她常常在周末陪他去图书馆的时候看到安静得不为人知的郝刚，

他们有着共同的兴趣爱好和职业圈子，他们之间有着说不完的话。

他们在最相爱的时间里，结婚领证进入围城，生了聪明可爱的儿子。

郝刚进入县城的核心机构，转正成为正处，应酬更多了，更忙了，而苏苏仿佛忘却了自己内心最初的规划，成了平凡普通的家庭主妇。

每年的选拔考试苏苏都去参加，可是每年都败北，她渐渐觉得自己不是这块料，便不再重视。

秃头局长退居二线，去了清水衙门养老，临走前的那次滚蛋宴，他借着酒劲儿拉着苏苏的手说了很多含糊不清的话。

苏苏附耳想去听清楚，可是听不清楚。身边的一位男同事碰了碰她，示意她赶紧将手抽出来，苏苏感激地朝同事点了点头。可是酒精上身，她仿佛看到了从前的郝刚。

从此男同事成为苏苏的心头痣，挥之不去。

苏苏在单位里和别的男人眉来眼去玩暧昧，别的男人的老婆怒了，跑到单位里大闹，摔烂了苏苏桌子上的花花草草，公布了苏苏和男同事的暧昧短信。

苏苏一夜之间由一名“失意才女”变成了“失足少妇”，她去食堂吃个饭都能感觉到背后的窃窃私语和指指点点。

绯闻闹得满城风雨，圈子太小，郝刚终于在一个月之后听说了这件事，他们之间爆发了前所未有的争吵和打骂。

从前的恩爱一去不返，两人都青筋暴起的面孔在同床共枕时显得那么可怕。郝刚骨子里的大男子主义时常爆发成极端，苏苏真怕郝刚有一天拿起厨房的菜刀剁了自己。

可是自己并没有做什么，她承认这些年事业的萎靡和家庭琐碎的侵蚀，让她变得有些厌倦原本平淡的生活，精神开始出轨，言行开始跑偏。

可是她与那看起来志趣更相投的男同事并没有什么实质举动，为何会激怒同事的老婆和自家的郝刚呢？

苏苏说，离婚前夜，县城下着瓢泼大雨，把儿子吓得号啕大哭。她烦躁地吼了那个才一岁多的孩子："哭哭哭，你是不是也知道即将没有家了？"

她觉得自己一定是中了什么蛊，抬手给男同事发了条短信：山雨欲来风满楼啊。

郝刚推门进卧室找东西，从来不看她手机的他魔怔一般抢过手机，看到了那句什么都说明不了的短信，当场眼泪直下。

这些日子他们的争吵比吃饭还要准时地到来，他们的裂痕仿佛已经无法弥补。可越是断杀越是有情，郝刚看到短信的一瞬，心凉了。

山雨欲来风满楼啊，郝刚抬头看了一眼佯装淡定无所谓的苏苏，感觉到了彻骨的冷漠。这还是当初在餐桌对面面色红润怯懦的小姑娘吗？这还是陪自己一路走来的女人吗？

她把自己的情绪倾倒给了那个男人，这种精神依赖的抽离比捉奸在床更加可怕。郝刚终于下定决心放她走。

那时正值郝刚人生的第一次破格提拔，他意气风发又志在必得的样子，也令苏苏厌恶。两人签字谢幕，同行的人生路途宣告结束。

七年中，郝刚一次次成为最年轻的科长、副处、正处、副市长，每次苏苏都会惶惶然，有时候也会后悔。如果当初肯收敛认错，是不是如今也会跟着显贵起来？

可是世上没有后悔药，当年的那个男同事被老婆闹得无颜继续在单位待下去，离婚离职，然后同苏苏有一搭没一搭地在一起，凑合着过了七年。

郝刚带着他和苏苏的儿子另娶了老婆，又生了女儿，传闻这个跳出“农门”的凤凰男对新的老婆很好，对待得之不易的生活很是珍惜，传闻还说郝刚的远房亲戚在中央做大官，所以他才有恃无恐地离婚还能得到重用。

苏苏哭着笑了。

离开后才知道珍惜，说得一点也不假。郝刚忙归忙，可是她的大事小事他都放在心上，工资卡从来都在她那儿，给苏苏的父母买东西从来不含糊，各种节日还会从自己的零花钱里攒礼物，而这些曾经竟然也让苏苏心生厌倦。

也许真的是对一个人越好，那个人越不懂珍惜吧。

郝刚哪里有什么做官的亲戚，全是靠他一口一口的烈酒喝出来的曙光，还有一次一次的点头哈腰委屈出来的重用。苏苏有时候看不惯他谄媚的样子，可正是他的这些做法换来了他们曾经的安稳生活。

苏苏特别难过，平淡的日子有什么不好，自己是有多么耐不住寂寞，才同另一个八竿子打不着的陌生同事荒唐动心。

唉，只剩一声叹息。

郝刚出任副市长的讲话颇有水准，深受市民喜欢和追捧。而苏苏买菜的身影淹没在人海茫茫之中。

她不知道自己做错了什么，北大的文凭和姣好的容貌，无一为她的幸福添砖，而她的未来，没有爱人没有孩子，也就没了期待。

也许，是不够珍惜吧。

情人的路何时结束

我是陈速，会计工作者，大漠说我生来就招不速之客。

天空微霾，我昂着骄傲的头，匆匆走进车库，里面笑语还在回荡，一定是上一对经过的情侣留下的。

要是大漠在，一定会轻笑，那笑容我太熟悉，是沧桑中透出的不屑，我却爱那笑容。

没办法，我爱大漠胜过车迷，万万倍。

大漠牵着小漠懒洋洋地从车库那头走来，可惜没有阳光，否则该是多美的画面。

小漠噘着嘴不高兴，逗了许久都不行。车被径直开到我家，我把小漠交给车迷，说了句“他要吃饭了”。

我转身，下楼，高跟鞋咯噔咯噔响。

一个月以后，车迷告诉我，小漠扯着他来到窗户边，指着大漠的奥迪忽然号啕大哭。车迷静静地看着夕阳映照下的我，一件一件脱掉自己的衣服，无限春光，那么耀眼。

那时车迷哭了，迷离中，他仿佛看见自己深爱的妻子被西下的阳光剥掉了衣装，混入人来人往的街道。

“我再也找不到你了。”车迷说。

我低头垂泪，手足无措。

可能因为我叫陈速，我生来就招不速之客。

车迷是我的老公，出租车司机。曾经我俩也是恩爱夫妻相敬如宾，谁料某天他忽然告诉我说他以后开夜班车了。

“为什么？”

“你这么美，我去赚更多钱，你应该像隔壁大美那样也穿得花枝招展……给我看。”如果车迷当年坚持读大学，应该很有文艺范儿吧。

可惜，以上是我们俩之间最后一次颇具文采与戏剧内容的谈话。

此后，对话全是白开水。

你想吃什么我来做。你今天逛街了吧。你加件衣服吧天冷。

嗯。嗯。嗯。

我大口大口地吞咽着这些没有营养却潮水般泛滥的对白，深感无奈。

无趣的生活和心底的欲望一次次将我推到悬崖边上。

在无数个车迷不在身边的夜晚，我重复做着一个梦。

梦里，悬崖边上站着一个风流倜傥的男人，正伸出双手召唤我。

那个男人是生阁。

终于有一天，我从和生阁的无限激情的梦中醒来，剧烈颤抖的身体要挟住了我理智的大脑。

那个使劲忘都忘不掉的电话号码被我在深夜拨了出去。

“喂？”对方是个好听的女声。我没有说话。她喂了两声以后也开始沉默。

我把手机丢到一边，仗着半夜人不清醒开始胡思乱想然后垂泪，最后抽泣哽咽到不能释怀。

我听见被子里窸窸窣窣的声音，原来对方没有挂断……真是尴尬。

“陈速，陈速，你是陈速吗？”那个女声好着急的样子，我嗯了一声，不想说话。

“你别难过，我让生阁和你聊。”从她那温和带点关心的语气里，我竟然真的听不到一丁点敌意。

要知道，嫁给车迷之前，我和生阁整整相爱了七个年头。

作为一个女人，正当好的全部年华统统给了生阁。我们悄悄拉着手读完高中，又约好去了同一座城市读大学。

我们的故事虽不是班长和团支书的版本，也肯定是郎才女貌，各种优秀般配到无懈可击的神仙眷侣。

往事不堪回首，我正在诧异对面那个女人的大方之时，生阁磁性的声音传过来：“速，怎么这么晚来电话？”

整整四年了，我们带着仇恨和怨言做了四年的陌路人。

“没什么。”大概生阁和他的女人沉着淡定的声音把我拉回了现实，我并不想太失态。

“哦。速，明天下班去我们常去的咖啡厅见个面，先睡觉吧。”

生阁，你能不能带点情绪，让我听出打扰你睡觉的不耐烦或是什么别的情绪，让我有理由歇斯底里骂一通。

你毁了我，毁了我的青春，毁了我的一生。

可是没有。

继续睡吧。

终于清晨。

等到下班。

脑海里回放了一天的歌曲，就在街角的咖啡店，你会不会像往常一样嘘寒问暖？

生阁一个人坐在老位置，我走过去，隆重微笑。然后，两个老朋友开始算旧账。

“陈速，我全知道。分手半年后你就嫁了出租车司机。你还没生孩子。你换了工作。可我不明白你难过时为什么打给我？”

“因为我做梦梦见你了。”

生阁浅浅笑了：“别胡扯理由了，我理解你，当初理解，现在理解，永远理解。”

“屁，少装好人。你在嘲笑我、讽刺我、埋怨我。你心里骂过我千万遍我因为你没车没房离开你。你更落井下石，你看我现在不好，就喊我出来。你想看是吗？你看你看，我一身名牌，一身名牌！”

“速，我没把你想得那么不堪。”

“你有。你当年有，现在有，以后不准有。”

“速，我真没有。你看，这时间里满满的回忆，全是美好。”生阁抬起胳膊，给我看了看他的手表。那是当年我们毕业，两人的第一个月工资给他买的那块表。

我冷笑道：“怎么，你女人没逼着你扔了它呀？”

“没有。陈速，我们俩都是太倔强的人，当初你退一步我退一步就不会悲剧了。悲剧了都别那么骄傲别那么自尊也不会一晃四年消失在彼此的生活里。”

生阁终于掉泪了。想当年我扔下一句：“没有房就别来找我。”他扔下一句：“我必须得先创业。”我们就各奔东西了。

他独自打拼事业去了。我转身嫁了车迷，车迷不会写诗不懂 IT 没有理想没有热情。

只不过同样没有房又乐意对我好。

我用自己的行动告诉生阁我在乎的不是先买房还是先创业，而是你愿不愿意放下架子低头哄我。

好吧，班长与支书的爱情注定势均力敌，生阁如何肯低眉顺眼地从我。

生阁说：“这该死的倔强。”

我说：“没关系，我们不都挺好的吗？”

再见。

“先别走。”生阁的女人终于出现了。她火急火燎地从咖啡店门口冲进来，火红外套爆炸头，土掉渣好不，全都不是生阁的品位。

我猜，唯一入得了生阁眼睛的应该是她还算温柔谦和的声音吧。呵呵。

“陈速，你要好好的，吃好喝好过好。难过的时候可以去我们家找生阁聊聊，我不介意。”她嘤嘤说完，莞尔一笑。

我忽然觉得她笑起来还算迷人。

我挑衅道：“不介意？我可是你曾经的情敌哦……”

她又笑：“完全不介意。因为你很珍贵，你是生阁曾经的爱啊……”

曾经的爱啊，爱啊，爱啊……她的声音不断回响。

我尴尬地笑笑，没有说什么，转身走掉。你们是来秀恩爱秀珍惜的吗？表演也罢真实也好。

我这心里生生地疼啊。

凭什么势均力敌爱着的两个人，分开以后的生活有天壤之别？

你离开我，找了个大方贤惠识大体的姑娘，而我离开你，就找了个木讷无趣还少金的车迷。

我走在大街上，想起好多天没有和车迷有过交集了，他下班我上班，见面不到十分钟无非就是你拉了吗我吃了吗。

夫妻生活？可以有？这个真没有！

我愤怒地扯掉皮衣狠狠砸在地上……又捡起来。唉，那可是车迷拉了一个月的客才为我买的。

沮丧间，一抬头看见路边的大漠，摇下车窗笑眯眯地看着我。

对的，就是你知道的那辆奥迪。

对的，他是我老板。

“上来吧，去哪儿送你。”大漠轻笑，仿佛带着戏谑，我一赌气上了车。

人生，就是一场徒步旅行，在路上总会有各种各样的人招呼你，有的想跟你一起并肩行走，有的想把你塞进轿车拉着你，有的想把你扛在肩上但就慢了。

你不管怎么选，都只能选一种。

可是我错就错在走累了，又上了车。

那天，大漠并没有说什么，只是时不时瞥我一眼，后来，他说我眼睛里的绝望和沮丧激发了他强烈的挽救欲。

生活节奏的推进有时候就是比电影要快，并且不需要什么逻辑。

我可以说是瞬间沦陷。

大漠时而温文尔雅，时而雷厉风行，时而风光无限，时而沉迷床笫。

他的一切都是我梦想中的样子，我的内心仿佛重归青春，热血沸腾着翻滚起来。

我总是忘记了，大漠是别人的夫，而我是车迷的妻。

时光啊时光，你终于焕发出你本来的颜色，不再那么暗淡。我一边扯着车迷的手一边扯着大漠的手，让灵魂游离在现实与梦境之中。

不知何时，生阁不再出现在我的梦中，他的任务完成了。目睹过他的贤妻和他的现状，我竟然再也不会怀念读书时我们惺惺相惜的那种感觉。

我本来就是花枝招展的，我还将继续花枝招展。我拒绝掉大漠送来的一切金钱和礼物，习惯地花掉车迷一个月的工资去买一件衣服。

大漠说："你不贪我的财，所以我爱你。"

这样高自尊的夸奖让我奋不顾身地投入到和他的爱情中，为他公司的财务项目鞠躬尽瘁加班无数。

大漠说："给我生个儿子吧。"

哦。

时光如梭，到了今天，每当小漠和车迷吵闹温馨的画面晃到我眼前，我总是很恍惚，这样乱糟糟的生活是有多乱。

好在小漠的模样像极了我，车迷没有任何怀疑，爱小漠爱到骨髓里。

如果不是那天大漠非要带小漠回他老家见他妈妈，如果不是小漠已经四岁了，如果不是小漠当着车迷忽然号啕大哭……

生活什么时候才会碰壁？

而我的罪孽该多深重？

小漠指着窗外的奥迪车哭泣的时候，我并不知道车迷也在看着我。车内，大漠说："上海的办事处弄好了，你先带着孩子过去吧，安稳之后再分头回来离婚，万一有什么闹腾得厉害的也不至于闹腾着孩子。好吧。”

我很满意大漠的安排，喜滋滋地跟他去了酒店，明目张胆地再次彻夜不归。

一个月后，我和小漠表示要带他去上海读书，小漠噘起嘴问：“爸爸一起去吗？”

我说：“不去，就咱俩和叔叔去。”

小漠号啕大哭：“我要爸爸我要爸爸。”

吵闹间，车迷进门，我这才想起，我们竟然有一个月没有见过了，我上班他还没有下班，我下班他早就上班。

胡子拉碴，眼窝深陷，脸色蜡黄，车迷很不好，他忽然开口说：“速，这个月我没出车，没有钱给你。”

轰——

我不知道那么多年那么多天我在大漠的爱里沉迷激情，很久没有关注过车迷的表情、动作和语言了。

每天只是备好他的衣服，想起来给他做顿饭，有时候闷不吭声地配合他完成做妻子的义务。

轰——

那天，那刻，那句话，伴着小漠撕心裂肺的哭泣，有一种东西轰然倒塌。

我这么多年心心念念耿耿于怀对生活的热爱全被推翻。

车迷啊车迷，你让我如何是好？

我抱着头蹲在角落无声地哭泣起来。

我以为就要和这种无趣的生活告别了，去开始我崭新快乐的未来。

我以为车迷和这个家简陋的一切都不会引起我的任何涟漪。

车迷蹲下来，抚摸我的头发，轻轻说："我都知道了……洗洗脸，我们带小漠一起去逛逛吧。"

那天，婚后五年，我们第一次一家三口出现在商厦。车迷仍然为我选了昂贵的外套，面带笑意地夸赞我的美丽。

小漠像打了鸡血，我从没见他那么开心过。

我试了件外套，忽然感到内心一阵恶心，狂吐起来。

……

时间没有为任何人停止。

一天、两天、一个月、两个月过去。

大漠的电话没有间断地打进来，我不敢接。

那天，车迷陪我做产检，大漠的电话响起来。

车迷说，接吧，我去前面等你。

我望着车迷瘦削而略显疲惫的身影，心里五味杂陈。

流泪，痛苦，窒息。

我追着车迷的背影问："车迷啊车迷，你何苦呢？你知不知道当年嫁给你不过因为和生阁分手而赌气？你又知不知道小漠为何不叫小迷？"

大漠的电话又打进来，我痛苦地挂断。

我抚摸着肚子，这次轮到我惶恐，里面不知道又是一个小漠还是小迷。

车迷停下来转过身看见我在发愣，朝我招手。恍惚中，我仿佛听见大漠的声音："速，你生来就招不速之客。"

有吗？谁是不速之客？生阁？车迷？大漠？小漠？还是肚子里的这个？

我终于把自己逼到了这里，左边是悬崖，右边也是悬崖。

无路可走。